妹に婚約者を取られたら見知らぬ公爵様に求婚されました

陽炎氷柱

JN110250

23531

角川ビーンズ文庫

CONTENTS

妹に婚約者を
取られたら見知らぬ
公爵様に
求婚
されました
アマリア・
ローズベリー
妹に婚約者を取られた
伯爵令嬢。
イルヴィス・
ランベルト
公爵。アマリアの
婚約破棄を手助けする。

CHARACTERS

ウィリアム・
ウスター

侯爵家の三男。
アマリアの婚約者。

オリビア・
ローズベリー

アマリアの妹。
伯爵令嬢。

ローズベリー
伯爵夫人

アマリアとオリビアの
母。

ローズベリー
伯爵

アマリアとオリビアの
父。

本文イラスト／NiKrome

序章 ― はじまりの夜

ある哀《あわ》れな女の話をしましょうか。

その女には婚約者《こんやく》がいました。容姿は整っている方で、侯爵家《こうしゃく》の方です。ちょっと流されやすい人ではありましたが、女は彼のそんなところも好きでした。

彼は三男だったので、婿入《むこい》りして家を支えるという約束で両家は婚約を結びました。女が十歳のときに婚約したので、もうあれから十年のお付き合いになります。

ええ、つまり一番楽しくて美しい時間を彼に捧《ささ》げたということになります。ふふ、ご存じです？　令嬢《れいじょう》にとってその時間がどれだけ大切か。

まあ、それはいいんです。二人はもう少しで結婚《けっこん》するはずでしたから。

でも、それなのに。

彼は酷《ひど》い裏切りをしました。男は女の妹と寝《ね》たんです。

え、ご令嬢が言う言葉ではない？　酔《よ》っ払《ぱら》いの戯言《ざれごと》として聞き流してください。それに、妹の方がご令嬢らしくないことをしていますよ。

……ゴホン、話を戻《もど》しますね。

幼いころから、妹はとにかくその女を目の敵《かたき》にしていました。そのせいで、女は事ある毎《ごと》に散々な目に遭《あ》っていたんです。思い出すだけでも……うん、この話はやめましょうか。

とはいえ、女もまさか妹に人の婚約者を寝取る趣味《しゅみ》があるとは知らなかったそうで。しかも妹に問い詰《つ》めたとき、彼女はなんと言ったと思います？

『ずっとお姉さまからあの人を奪《うば》いたかったの』

『なんで今さらなのかって？　そんなの決まってるじゃない』

『だって、その方がより絶望した顔が見られるもの！』

自分の耳を疑いましたよ！

本当にこんなヤツと血が繋《つな》がっているのかと疑いました。あ、これは私の話じゃないですよ。

でも、それだけならまだ耐《た》えられました。妹は継承《けいしょう》権を持っていないし、男は三男なので領地はありません。二人は結婚すると平民になって、二度と女の視界に入ってくることはありません。女は男より何倍もいい人を探すって、そう思っていました。

なのに、それなのに！

あろうことか、男は私にこのまま結婚しようと言い出したんです！

『悪気はなかったんだ！　君の妹がどうしてもって聞かないから付き合ってあげただけで、好きなのは君だけだ。信じてくれ、あれは気の迷いなんだ』

ふざけるなって階段から突《つ》き落《お》とそうかと思いましたよ。あくまでもこれは知り合いの話ですけどね。

本当なら出入り禁止にしたいくらいですが、女の両親は男の肩《かた》を持つのです。謝ってくれたし、悪気がないのなら許してやれって、冗談《じょうだん》かと思いましたよ。まあ、娘《むすめ》より家門が大切らしいので、女が結婚できず家が潰《つぶ》れることを恐《おそ》れたのでしょう。あんまり経済状況《じょうきょう》もよろしくなかったようですし。

いいえ、家門が潰れてしまうと使用人も路頭に迷うので、気持ちは分からなくもないですけど。それにしたって、少しは気を遣《つか》うか妹を咎《とが》めるくらいしたっていいじゃないですか。

……女の妹は、こうなることが分かっていたのでしょう。全部彼女の計画の内だったんです。幸せだと思い込んで有頂天《うちょうてん》な姉を地に叩《たた》き落として、自分は何の責任も取らずに欲《よく》望《ぼう》を満たして優越《ゆうえつ》感に浸《ひた》る。悪魔《あくま》も泣く所業ですよ。

「そう思いませんか？」

「今巷《ちまた》で流行《はや》りの恋愛《れんあい》小説だって、ここまで不憫《ふびん》ではありませんね」

豪華絢爛《ごうかけんらん》な屋敷《やしき》のダンスホール、から少し離《はな》れたバルコニーのソファー。

優美な音楽や談笑する声から隠《かく》れるように、私は酔いを醒《さ》ますために果実水を片手に風に当たっていた。心に渦巻《うずま》くどろどろとした気持ちから逃《に》げるために参加した舞踏《ぶとう》会だが、他人の幸せそうな顔がやけに目について気分が悪くなったのだ。

そんなやけ酒をあおっていた私に、先ほど声をかけたのが隣《となり》に座ったこの男だった。

光を反射して輝《かがや》く銀髪《ぎんぱつ》は月のようで、切れ長の甘やかに細められた目は透《す》き通《とお》るようなアイスブルー。礼服を着ていても肩幅《かたはば》が広くて胸板が厚いことから、体を鍛《きた》えていることが分かる。

酔った頭が見せた幻覚《げんかく》かと疑うくらい、綺麗《きれい》な男だ。

「そうでしょう？　そうよね？　別に泣いたっておかしくないですよね？」

「おや、知人の話だったのでは？」

「ええ、知人の話ですよ。私は彼女に同情しただけでーす」

そう適当に付け加えれば、男は無邪気《むじゃき》さがふわりと散るような、屈託《くったく》のない笑みを浮《う》かべた。

「ははっ、ではそういうことにしておきましょうか」

穏《おだ》やかに私の話を聞いてくれる男の名前は知らない。すぐ隣がパーティー会場なのにお互《たが》い貴族の礼儀《れいぎ》作法など何一つ守っていないし、なんなら名乗ってさえいない。

パーティー会場の隅《すみ》で一人酒をあおる女なんて面倒《めんどう》くさいに決まっているのに、人当たりのいい笑顔で近づいてきたのだ。どういうつもりかは知らないが、とにかく誰《だれ》かに胸の内を吐《は》き出したかったのでありがたく利用させてもらった。

普段《ふだん》ならこんなことは間違《まちが》っても口に出せないが、アルコールが私の判断力を鈍《にぶ》くする。

「ところで、貴女《あなた》はその男にまだ未練はありますか？」

「まさか、むしろ妹諸共《もろとも》地獄《じごく》に叩き落としてやりたいくらいですよ……って、これもう私の話だと認めたようなものですね」

「おや、その設定はもういいのですか」

からかうように言った男に無言で頷《うなず》く。今さら誤魔化《ごまか》したって余計に見苦しいだけだ。

「ふふ。なるほど、それは良かったです」

「良かった⁉　もしかして人の不幸を喜ぶタイプですか？　……それとも貴方《あなた》も浮気《うわき》をされたのです？」

「そういうことではありませんが……私も失恋《しつれん》したことがあるので」

素直に驚《おどろ》いた。こんな美男子でもそんなことあるんだ。まじまじとその美術品のように整った顔を見つめると、男は困ったように笑って見せた。

「私が愛した女性には婚約者がいたんです。彼女が幸せならばと身を引いたのですが、想《おも》いは捨てられなくて」

「ぜひ妹に見習って欲しい一途《いちず》さですねえ」

「ふふ、彼女以外の誰かなんて、私には考えられなかったので」

男が心の底からその女性を愛しているのだと、理解させられる表情だった。その瞬間《しゅんかん》、私はどうしようもなく惨《みじ》めになった。どこかで顔も知らぬ女がこんな美丈夫《びじょうぶ》に思われている一方、私は婚約者に浮気をされた。まったくもって不公平で、一周回って考えることが徒労に思えてくる。

酔った勢いでいろいろ話してしまったが、そろそろ現実に戻る頃合《ころあ》いだろう。

「すみません、今は惚気《のろけ》話を聞ける気分じゃないです」

しかし、男は断りを入れて立ち上がる私を気に留めることなく、独り言のように続けた。

「ですが、彼女は今苦しんでいます」

飲みすぎたのだろうか。立ち上がった瞬間眩暈《めまい》がして、ふらつきかけたところで慌《あわ》てて座りなおす。どうやらすぐにこの場から離れるのは難しそうだ。

大人しく座りなおして男に視線を向ければ、射《い》ぬくような真剣《しんけん》な視線が私に向けられていた。

「であれば、もう黙《だま》っている理由はありません。今度こそ、彼女を手に入れます」

顔どころか、名も知れぬ女が酷く羨《うらや》ましい。私もこんな風に、一途に想われたかった。

先ほど急に立ち上がったせいか、酒が一気に回ったらしい。自分が無意識のうちに会ったこともない人に嫉妬《しっと》していたことに気付いて、寒気がする。他人の幸せも喜べないなんて、まるで妹と同じじゃないか。

「大丈夫《だいじょうぶ》ですか？　この後はもうお酒を控《ひか》えた方がいいと思います」

まだ眩暈がする頭を押さえていると、空になったグラスのかわりに新しいグラスが新しく差し出された。

「あ、ありがとうございます」

「それにしても酷《ひど》い人ですね。自分の話は聞かせておいて、私の話になると立ち去るなんて」

「それは……ごめんなさい」

「失礼。弱っているところに意地悪を言いましたね」

隣から小さく笑う気配がした。どうやら本当に気にしていないようだ。

「ちょっと腹が立ったといいますか……傷心の女性に想い人の話をするなんて、貴方モテませんよ」

「残念ですが私、こう見えても人間関係には困ってないんですよ」

こう見えても何も、物腰《ものごし》が柔《やわ》らかそうなイメージ通りですけど。そういう意味で言ったんじゃないと分かっているはずなのに。喧嘩《けんか》を売られているのだろうか。

「あー、そうですかそうですか。なら、貴方の恋《こい》はすぐに成就《じょうじゅ》しそうでヨカッタデスネー」

「少しは興味があるふりをしてくださいよ」

「貴方は見た目がいいですし、本気を出せばその現在不幸なお相手様なんてすぐに落ちると思いますけど」

「本当にそう思いますか？」

「意外と面倒くさい人ですね……」

これ、もはや私は絡《から》まれているのではないだろうか。私は今からでも立ち去るべきかと悩《なや》みながら果実水をあおった。

「実は一目惚《ひとめぼ》れなんです。気持ちを自覚した頃に彼女が婚約《こんやく》してしまったので、そのまま疎遠《そえん》になってしまいましたが」

「でしたら、まずは会ってお話から始めてください。貴方がどれだけ有名かは分かりませんが、よく知らない男に突然《とつぜん》言い寄られて信用する女性は少ないですよ」

「先ほどは上手《うま》くいくとおっしゃってくださったのに」

「いいえ、女性のコミュニティーを甘く見てはいけませんよ。ある程度おモテでいらっしゃるのなら、間違いなく陰《かげ》で何かしら言われています。彼女がそれを知っている前提でアプローチした方がいいと思います」

「……ずいぶんとお元気になられましたね」

「ええ、おかげさまで」

男は不服そうだったけど、怒《おこ》ることはなかった。意外と親しみやすい性格でつい親身になってアドバイスをしてしまったが、これも酔《よ》った勢いに違《ちが》いない。

「まあ、気持ちが前を向くのはいいことです。ところで話を戻《もど》しますが」

「えっ、まだ私の心の傷を痛めつける気ですか？　貴方本当におモテになるんですよね？」

「心外ですね」

そう言うと男は一旦《いったん》言葉を切り、得意げに笑ってみせた。

「ご両親に私を紹介《しょうかい》してください」

「――――」

酔いが一気に醒《さ》めた。たっぷりその言葉の意味を吟味《ぎんみ》して吟味してかみ砕《くだ》いて。結局、私の口から出たのは「はぁ」という極《きわ》めて簡単な言葉だった。

いや、だって、意味が分からない。この男は、話には脈絡《みゃくらく》が必要だということをご存じではないのだろうか。

「貴女はこのままだとその男と結婚《けっこん》しなければならない。妹とも一つ屋根の下で暮らさなければならないし、社交界で陰口《かげぐち》を叩《たた》かれることになったら言い返せないでしょう」

「え、なぜ突然現実を突《つ》き付けるのです？　それも一つずつ丁寧《ていねい》に。私に何か恨《うら》みでも？　それともモテないと言ったことを気にしているのですか？」

呆然《ぼうぜん》と固まる私をよそに、男は攻撃《こうげき》の手を緩《ゆる》めない。もうやめて、とっくに心はひん死よ。だけど、男は真剣な顔で続けた。

「貴女は一生屈辱《くつじょく》に耐《た》えないといけないのに、妹君は頃合いを見て新しい相手を見つけるでしょう。素知らぬ顔で。もしかしたら、どこぞの名門貴族で第一夫人になるかもしれませんね」

「不吉《ふきつ》なことを言わないでください！　本当にありえそうでたちが悪いです」

私を気遣《きづか》うような使用人の目や妹の勝ち誇《ほこ》った顔、そして何事もなかったように過ごす婚約者の姿を想像して涙《なみだ》が出そうになった。あまりにも現実味がある妄想《もうそう》だ。

「だから私の存在が必要です」

「……話が見えないのですが」

『だから』の前後の文に脈絡がなさすぎる。今日初めて会った相手の行間を読むなんてできるわけがないのに、男の声はひどく愉快《ゆかい》そうだった。

「ふふ、私にいい考えがあります。乗っていただけますね？」

私の意思を問うているようで、答えを確信している顔。男の意のままに転がされているような気がして、思わずためらってしまいそうになる。

「私が信用ならないのでしたら断って頂いて結構ですよ。まあ、そうすると何の抵抗《ていこう》もできないまま不幸な未来へ一直線ですが。自ら茨《いばら》の道を選ぶとはいい根性ですね。尊敬します」

「いいえ、ぜひとも貴方《あなた》様の素晴らしい考えをお聞かせください」

一瞬《いっしゅん》で態度を変えた私に、男は満足そうにうなずいた。

「なに、お互《たが》いに損はしませんよ」

こうなればとことん利用してやると、私は新しく渡された果実水を一気に飲み干した。

とはいえ、お互いの名前も知らないままじゃ話しにくいので、私たちは簡単に自己紹介をした。男にもの凄《すご》く変な顔をされたが。

もしかして匿名《とくめい》の方が良かったのかと後悔《こうかい》しかけたが、男はすぐにイルヴィス・ランベルトと名乗ってくれた。爵位《しゃくい》を名乗らなかったのは私がかしこまらないための気遣いだろう。私は相談する身の上だから、変に隠《かく》さずにアマリア・ローズベリーと名乗った。

「今日のこと、利用できると思うんです」

さっきよりもやる気に満ち溢《あふ》れたイルヴィスが、指を一本立てて話し出した。

「まず、このまま私は酔った貴女《あなた》を伯爵家に送ります。するとご両親は、きっと貴女を心配して様子を見に来るでしょう」

「そうですね。まあどちらかというと、婚前《こんぜん》の娘《むすめ》に間違《まちが》いが起きてないかに対してだと思いますが」

この国では性別関係なく、家を継《つ》ぐのは長子が最優先される。だから両親は妹が何をしようが気にしないが、私の言動には神経質なまでに気を張っている。

もし結婚間際の私が婚約者以外の男と帰ってきたら、間違いなく血眼《ちまなこ》になって関係を検《あらた》めるだろう。

「だからこそ、ですよ。ご両親に尋《たず》ねられた際、私は貴女に気があるように振《ふ》る舞《ま》います。もちろん明言はしませんよ。貴女には婚約者がいますので」

「は、はあ」

「そうすればご両親はきっと貴女に確認《かくにん》するでしょうから、あいまいに誤魔化《ごまか》してください。そのうち向こうが焦《あせ》ってなりふり構わず動くはずですから、ご両親が浮気《うわき》について口を滑《すべ》らせるように仕向けましょう。私、こう見えて口達者なんですよ」

それはこの短い間でもよく存じ上げておりますとも。

「介入《かいにゅう》できる口実さえあればこちらのものです。あとはどうとでもできる」

そう言って口角を上げて笑うイルヴィスの目は少しも笑っていなかった。他人事《ひとごと》とはいえ、ずいぶんと物騒《ぶっそう》なことを思いつくものだ。今さらながらとんでもない相手に相談してしまったのかもしれない。

「まだ結婚式まで余裕《よゆう》はありますよね？」

「はい。今回の騒動《そうどう》もありますので、露呈《ろてい》しないように結婚式は少し時間を空けると思います」

「良かった。それなら私と過ごす時間もたくさん取れそうですね」

「えっ」

手厚い補助に驚《おどろ》く私を気にも留めず、イルヴィスはにこにこと笑みを浮《う》かべている。まったく話の流れが摑《つか》めない。

「そうだ。この際、私と結婚すると言って、妹君と婚約者を結婚させてはいかがです？貴族の結婚は契約《けいやく》。最終的に両家の婚姻《こんいん》さえ成立すれば問題はないでしょう？」

「いや問題しかないですよ」

「はて、何がいけないのでしょうか」

イルヴィスの首をかしげる動作に合わせて、絹糸のような銀髪《ぎんぱつ》がさらりと流れた。本当に疑問に思っているようだ。

「簡単そうに言っていますが、あんな奴《やっ》でも侯爵《こうしゃく》家の三男坊《ぼう》です。身分があるんですよ」

「ええ、それは最初に聞きましたよ？」

その程度が何か、とでも言いたげだった。あまりにも泰然《たいぜん》としていたので、言い出した私もすんなり納得《なっとく》してしまった。

「ですが、両親と妹が認めるとは思えません」

「貴女の話から判断するに、ご両親は典型的な貴族です。利が不利を上回れば無下にしませんよ。であれば、ただの貴族令嬢《れいじょう》である妹君はその判断に逆らえない。違《ちが》いますか？」

「違いません、けど」

問題はその利がまったく分からないということなんですよ。私にはイルヴィスがここまで自信満々でいられる理由がまったく分からなかった。失敗する可能性など少しも感じさせないその態度に、だんだん本当に大丈夫《だいじょうぶ》だという気分になってくる。

「……まあ、他の選択肢《せんたくし》なんてないですし、貴方を信じてみますよ。でも、貴方はそれでいいんですか？」

「？　何がでしょうか」

「何って、貴方好きな方がいるのでしょう？　一緒《いっしょ》に出掛《でか》ける以上、噂《うわさ》になりますよ」

「ああ、そういうことですか。……外堀《そとぼり》を埋《う》めるのにちょうどいいな」

不思議そうな表情から一変。獲物《えもの》の仕留め方を考える狩人《かりゅうど》のような目をしたイルヴィスが、何か小声でつぶやいた。

すうっと細められたアイスブルーの目は、その涼《すず》しげな色に反して確かな熱を宿している。背筋に寒気が走って思わず身を硬くすると、イルヴィスの目にあった熱はすぐに消えた。私は変な空気を誤魔化すように口を開く。

「すみません、ホールが騒《さわ》がしくて聞き取れませんでした。もう一度お伺《うかが》いしても？」

「私は信用ならないらしいので問題ありません、と言ったんです」

「もしかしてちょっと気にしてます？」

……気のせい、かな？

「まさか。ですがどうしてもお気に病《や》むのでしたら、私が彼女と仲良くなれるようにアドバイスをしてください。先ほどのアドバイスもなかなか良かったですよ」

「あの。先ほど上手《うま》くいかないと言ったこと、気にしてます？」

「まあそんなことより、どうです？　悪い話じゃないでしょう？」

「そんなことよりって……」

とはいえ、悪い話じゃないのは確かだ。むしろいい話すぎて逆に怖《こわ》いというか。

「貴女は婚約者《こんやく》から逃《のが》れられる。私は好きな女性と親しくなれる。いずれ伯爵家を継ぐ貴女が結婚《けっこん》できないことは無いでしょうし、今は婚約破棄《はき》のために私と手を組んで損はないと思いますよ」

そう言って手を差し出したイルヴィスは、悔《くや》しいほど様になっていた。わずかに細められた目は自信に溢れ、頰《ほお》には挑《いど》むような笑いが浮かんでいる。彼に任せてしまえばすべて解決できる、そういう気持ちにさせられる。

……だからなおさら、この顔一つで令嬢からマダムまで視線を独り占《じ》めしそうな男が私を助ける理由がわからなかった。

こんないい人が本当に存在するとは信じられない。もしや妹に婚約者を寝取《ね》られるような女は御《ぎょ》しやすいと騙《だま》そうとしているのか。まだ私が迷っていることに気付いたイルヴィスは、背中を押すように微笑《ほほえ》んだ。

「先ほども言いましたが、この話を断っても構いませんよ。まあ、わざわざ自分を苦しめるなんて変わった趣味《しゅみ》だと思いますが。私にはとても真似《まね》できません」

「ぜひともご協力をお願いします」

これ以上悩《なや》んでいても仕方ない。どうせ今は最底辺にいる。これ以上不幸になることはそうあるまいし。これは酔《よ》った勢い。そういうことにしよう。

そうして差し出された手を取った私に、イルヴィスは「明日《あした》、さっそく会いにいきますね」と会心の笑みを浮かべたのだった。

第一章　都合のいい令嬢、やめます

翌朝、目が覚めて体を起こそうとした私の頭に鋭《するど》い痛みが走る。あんなにお酒を飲んだのは初めてだ。これが噂に聞く二日酔いかと感心するのと同時に、昨日の出来事が夢じゃないと実感させられた。でも、気分は意外と悪くない。

ゆっくり起き上がって、昨日のことを思い返す。冷静になった今考えると、大変胡散臭《うさんくさ》い話だと思う。お酒の席だし、きっとからかわれたのだと忘れた方がいい。でも、丁寧《ていねい》に私を家に送ったイルヴィスを信じたい気持ちもある。


イルヴィスの馬車に乗った私は、揺《ゆ》れのせいで酔いが回ってしまったらしい。いつの間にか眠《ねむ》っていたようで、そのあとの記憶《きおく》がまったくないのだ。必死に記憶を掘《ほ》り返していると、突然《とつぜん》部屋のドアが勢いよく開けられた。

「アマリア！　昨日のアレはどういうつもりなの！　納得のできる説明をなさい！」

そう声を荒《あら》らげて、血相を変えて飛び込んできたのは母であった。

外聞を何よりも気にする母は、名誉《めいよ》を守るためになんでもする人だ。妹と婚約者の所業を聞いたときも、洗脳でもするかのように「結婚してくれるというなら見なかったことにしろ」と私に詰《つ》め寄《よ》ってきたくらいである。

今日も母がヒステリーを起こすことは予想できていたから、いつものように恐《おそ》ろしい気持ちにならなかった。

「おはようございます、お母様。ええと、昨日のアレ、とはいったい何のことでしょうか」

鋭い痛みを訴《うった》えてくる頭を我慢《がまん》して、不思議そうな顔を作る。そんな私に、母の顔がさらにいら立たしげに歪《ゆが》められた。

「言い逃れをするつもり!?　貴女《あなた》、昨日のパーティーで醜態《しゅうたい》を晒《さら》したことを忘れたわけじゃないでしょうね！」

「醜態、ですか。私は少々ワインをたしなんだ記憶しかないのですが」

「まあ！　酔っ払って外で眠ったというのに、少々ですって!?」

実際には五杯《はい》も飲んでいないが、慣れていないせいで簡単に酔いが回ってしまったのだ。

そのせいで昨晩、あろうことか帰りの馬車で寝てしまった。せっかく厚意で手を貸してもらっているのに、イルヴィスが両親に何を話したのかまったく分からない。

『計画』では仲が良いところを両親たちに目撃《もくげき》させ、浮気《うわき》について問い詰めてきたところをイルヴィスが上手く誘導《ゆうどう》して『婚約者が浮気をした』と言わせることになっている。そして第三者であるイルヴィスがそれを咎《とが》めることで婚約破棄まで持っていくと言っていたから、彼が両親の前で私のことを悪く言うことはないと思う。

だからといって私が適当に話せば、細かいところで話に矛盾《むじゅん》点が出る可能性は十分にある。両親がそれに気づいてしまったらすべてが台無しだ。

ここは覚えてないことにして、母に言わせた方がいいだろう。

「ふざけないでちょうだい！　あんなみっともない姿を人様に晒しておいてよく言えたものね！」

「ごめんなさい、本当に覚えてないんです」

「覚えてないというのなら教えてあげます！　貴女は、ウィリアムという婚約者がありながら一人でパーティーに行った上、酔っ払って他の男に送られて帰って来たのよ！」

何が楽しくて妹と寝た婚約者とパーティーに行かなくてはならないのか。確かにああいう夜会に女性が一人で参加するのははしたないけど。そもそも昨日のパーティーは現実逃《とう》避《ひ》以上に、わざと家門に傷をつけに行ったのだ。まだ噂は広まっていないけど、どうせ時間の問題だろう。

「はしたなく酔いつぶれるなんて、本当になんて恥知《はじし》らずなのかしら！　しかもランベルト公爵《こうしやく》様の手を煩《わずら》わせるなんて！」

「――えっ？」

頭痛で聞き間違《まちが》えたのだろうか。今、母の口からとんでもない言葉が出たような気がする。

「貴女には婚約者《こんやく》がいるのよ!?　公爵様を誘惑《ゆうわく》したと勘違《かんちが》いされたらどうするのよ！　ああ、せっかくウィリアムがこのまま貴女と結婚するって言ってくれたのに、貴女はこんな時期に他の男と懇意《こんい》にするなんて！」

ウィリアム・ウスター、私の婚約者。今一番聞きたくない名前だけど、母は気にせず話を続けた。

「だいたい、貴女なんかが公爵様に相手にされるわけないじゃない！」

妹が姉の婚約者と寝るのはいいんだとか、なんで私が誘惑したと決めつけるのとか、いろいろ言いたいことはあるのに思考がまとまらない。イルヴィスの正体に気を取られて、母のヒステリーが騒音《そうおん》として処理されていく。

(こうしゃく……公爵？　イルヴィスが公爵様？)

この国に公爵は四人いるが、一人を除いたらみんな家庭を持っている中年男性か女性だ。

(それにランベルトって、イルヴィスも名乗っていたじゃない！　なんで気づかなかったの!?)

ウィリアムのことしか頭になかった私でも聞いたことがある有名人だ。若くして公爵になった恐ろしく美しい男って、言われてみればイルヴィスと共通点がある。所作も洗練されていたし。

……あれ。もしかしなくても、私が鈍感《どんかん》すぎただけ……？

「ウィリアムが貴女と結婚しなかったら、伯爵家《はくしゃくけ》が傾《かたむ》くのよ⁉」

勢いよく揺さぶられて、吐《は》き気に襲《おそ》われる。母の手を振《ふ》り払《はら》って吐き気が止まるのを待つ傍《かたわ》ら、お酒は用法用量を守って飲むべきだと実感した。

「っアマリア！　貴女どういうつもり⁉」

私の行動を反抗《はんこう》だと受けとった母が本格的に怒鳴《どな》ろうとしたとき。焦《あせ》った様子のメイドが飛び込んできた。

「奥様！　ランベルト公爵様がお見えです！」

私と母は正反対の反応をした。顔色を悪くして憎々《にくにく》しげに私を睨《にら》んだ母は、慌《あわ》ただしく出ていった。きっと私が何かをしたのだと思ったのだろう。

その一方私はというと、驚《おどろ》きでいっぱいで動けなかった。期待はしていたけど、まさか本当に来るとは思わなかったのだ。

メイドたちに急いで身支度《みじたく》をしてもらいながら、久しぶりに楽しい気分になった。もっとも、鏡に映る私の顔は二日酔いとここ最近のストレスで酷《ひど》い有り様だったけど。なぜなら浮気騒動《うわきそうどう》ですっかり手入れを怠《おこた》ってしまった茶髪《ちゃぱつ》は傷み、エメラルドグリーンの瞳《ひとみ》の下には隈《くま》が浮かんでいるし。

昨日まではどう見られたって構わないと気にならなかったのに、今日は鏡に映るみすぼらしい女がやけに惨《みじ》めで恥《は》ずかしく思えた。希望が見えたことで余裕《よゆう》ができたのだろう。

本来ならしっかり化粧《けしょう》をしたいところだが、時間がないので顔色を誤魔化《ごまか》す程度にとどめる。だから、せめてドレスはお気に入りのものにした。昨晩のあんな姿を見られたことだし、今さら気に入られたいと虚勢《きょせい》を張りたいわけじゃない。ただ、少しでも自分を好きになりたかった。


何とか身支度を整えて一息ついたところ、門の方から黄色い悲鳴が聞こえる。それと同時に部屋の扉《とびら》がノックされ、執事《しつじ》が入ってきた。

「お嬢様《じょうさま》、ランベルト公爵様が到着《とうちゃく》なさいました。準備が整いましたら、お出迎《でむか》えをお願いいたします」

「今行くわ」

どうやら間に合ったようだ。てっきりイルヴィスを待たせているのだと思っていたけど、気が動転したメイドが伝達ミスをしたらしい。先に到着していたのは公爵家の使用人であった。

間に合うのならば急いで出迎えに行かねばならない。私は早足でホールに向かい、先に待機していた母や使用人たちに倣《なら》って頭を下げてイルヴィスの到着を待つ。仕事で王城に出掛《でか》けている父はともかく、妹の姿も見えない。おそらくいつもの『朝帰り』だろう。

「おや、朝からお忙《いそが》しくさせてしまいましたか？」

上辺だけの社交辞令に、母は少し顔を引きつらせて答えた。

「い、いえ！　わたくしとしてはむしろ光栄ですわ！」

聞き覚えのある声に顔を上げれば、そこに立っていたのはあのイルヴィスだった。青と白の礼服は彼の銀髪《ぎんぱつ》によく似合い、まるでおとぎ話から飛び出してきたような美しさは昨晩と変わらずだ。

呆然《ぼうぜん》と公爵を見つめていると、ばちりと目が合う。反射で目を逸《そ》らしたものの、小さな違和感《いわかん》が首をもたげる。

(昨日初めて会ったのに、なんだかやけに既視感《きしかん》が……？)

違和感をはっきりさせたくて、気づけばまたイルヴィスに視線がいってしまう。イルヴィスはそんな私にくすりと笑みを零《こぼ》すと、真剣《しんけん》な顔で母に向き直った。

「実はアマリア嬢《じょう》と大事な話がありまして。決して彼女を傷つけませんので、どうか二人きりにさせていただけませんか？」

「二人きり、ですか」

「ええ、もちろん部屋の扉は開けておきますよ。お話をお聞かせすることはできませんが、私たちの姿が見えるところにメイドを置いていただいても構いません」

難色を示していた母だったが、そこまで言われてしまえば断る理由がない。了承《りょうしょう》を得たイルヴィスは、さっそくメイドに応接室へ案内させた。

「それでは行きましょうか」

そう声をかけられ、様子を窺《うかが》っていた私もそのあとを追う。これじゃあどっちの屋敷《やしき》か分かったもんじゃない。

部屋に入り、ローテーブルを挟《はさ》んだソファーの対面にお互《たが》い腰《こし》を下ろす。案内を終えたメイドが退出していくのを横目に、私は我が家のようにくつろいでいるイルヴィスをにらんだ。

「ずいぶんと熱い視線ですね。私に見惚《みと》れるのも結構ですが、このままだと溶《と》けてしまいます」

「茶化さないでください！　いったいどういうことですか？」

「はて、いったい何のことでしょう」

「貴方《あなた》の身分のことです！　公爵だって、どうして言ってくださらなかったのですか⁉」

その一言で、イルヴィスは目を丸くして固まる。そしてたっぷりと沈黙《ちんもく》の後、お手本のような笑顔を作った。何だか彼の背中の方から黒く重い圧を感じる。

「ははは っ。すみません、まさか伯爵家のご令嬢《れいじょう》が貴族、それも公爵の顔と名前を知らないとは思わなかったもので」

にこりと微笑《ほほえ》まれて、私はそっと目をそらした。婚約者《こんやく》に制限されていたせいでパーティーにはあんまり出席してこなかったが、それが言い訳にならないことくらいわかっている。

「あの、その……昨日は申し訳ありませんでした……」

「とはいえ、ちゃんと名乗らなかった私にも非はあります。ねえ、アマリア・ローズベリー伯爵令嬢？」

これ見よがしにフルネームを呼ばれる。イルヴィスの神々《こうごう》しい笑顔から出ているすごみが気まずい。昨日、私は伯爵家の娘だと言わずに寝《ね》てしまったと思っていたのに、ちゃんと送り届けられている。

つまり、よく覚えていなかったのは私、ということだ。

「ところで貴女《あなた》、昨夜と比べると少々距離《きより》を感じるような気がしますが」

「……昨日は酔《よ》っていましたので」

脳裏《のうり》によぎる昨日の失礼の数々。酔っていなければ、あんなに馴《な》れ馴《な》れしく身の上話なんてできるものですか。

（待って。私、この人にモテないとか面倒《めんどう》くさいとか言わなかった？）

しかも偉《えら》そうにアドバイスもした気がする。怒《おこ》っているのかとイルヴィスの顔色を窺えば、予想外に寂《さび》しそうな顔をしていた。

「……なるほど。では、酔っていたからあんなふうに気さくに接してくださったと」

「本当に失礼しました。酔っ払いの戯言《ざれごと》だと思って、広い心で忘れてください」

「誤解しないでください。アマリア嬢を責めているわけではありませんよ」

我が家のメイドですらイルヴィスのことを知っていたくらいだし、本当に有名なのだろう。ついこの間まで婚約者一筋だったので、他のことにまったく興味がなかったのだ。

(私には、ウィリアム様しかいなかったのに)

……嫌《いや》なことを思い出してしまった。気をそらすためにも、イルヴィスとの会話に集中する。

「ということで、私としては昨晩のように接していただきたいのです」

「え、どういう文脈でそうなったのです……？　もしかして私がちょっと考え事をしてる間に何か言いました？」

「貴女、私が話しているときに考え事してたんですか？　傷ついたので敬語で話すのもやめてください」

「なぜそうなるんです⁉　公爵《こうしゃく》様にそんなことできるわけないじゃないですか！」

「先ほどの貴女の言葉よりは失礼じゃないですよ」

イルヴィスがここぞとばかりに距離を詰《つ》めてきているような気がする。少し話しただけでどんどん墓穴を掘っている状態だ。かといって黙《だま》っていれば、それはそれでイルヴィスは自分に都合のいいように解釈《かいしゃく》するだろう。

「真面目《まじめ》な話、お互いに余所余所《よそよそ》しい態度では怪《あや》しまれてしまいます。アマリア嬢には婚約者がいて、私はそういった浮《うわ》ついた話題とは無縁《むえん》でした。そんな二人が惹《ひ》かれあったというのなら、相応の熱量がなければおかしいでしょう？」

「……それもそうですけど」

計画を成功させるためには、私とイルヴィスは仲がいいという前提が必要だ。上手《うま》く両親たちの目を欺《あざむ》くためにも。

「それに、アマリア嬢は演技がお得意なタイプではないでしょう。大事な場面で違和感が出ないようにと思って提案したのですが、ご迷惑《めいわく》でしたか？」

「いいえ、大変ありがたいお気遣《きづか》いです！　嬉《うれ》しいのですが、それでは社交界で噂《うわさ》が立ちます」

イルヴィスの想《おも》い人の耳にそんな噂が入れば、関係がこじれるかもしれない。確かに私は婚約から逃《のが》れたいが、イルヴィスほどの優しい人が代わりに傷つくのは違《ちが》う。

だが、イルヴィスは仕方なさそうに肩《かた》をすくめるだけだった。まるで聞き分けの悪い子どもを前にしたように。

「私はただ、貴女の力になりたいのです。そんな野暮《やぼ》なことを言わせないでください」

そう言われてしまえば、私は粛々《しゅくしゅく》とうなずくしかなかった。イルヴィスの言葉は何も間違ってはいないが、その満足そうな笑みを見るとなぜか釈然《しゃくぜん》としない気分になる。

「まず手始めに、お互いを呼び捨てにしてみましょうか」

「何さらっと要求を増やしてるんですか」

「では、アマリア嬢は恋人《こいびと》を爵位《しゃくい》で呼ぶのですか？　婚約者《あの男》もそうやって呼んでいたと」

座っている状態でもイルヴィスの方が高いのに、なぜか私が上目遣《うわめづか》いをされている。そんな甘えるような仕草も様になっているのだから、顔がいいというのは羨《うらや》ましい。

「うっ、……はいはい分かりました、分かりましたよ！　でもいきなり呼び捨ては難しいので、せめて敬称《けいしょう》をつけさせてください」

「……まあ、このあたりが妥協《だきょう》点ですね。徐々《じょじょ》に距離《きょり》感《かん》を詰めた方がらしいでしょうし」

やっと引き下がってくれたイルヴィスに胸を撫《な》で下ろす。昨日は名乗られたまま心の中では呼び捨てにしていたが、公爵だと分かってなおそれができるほど肝《きも》は据《す》わっていない。

そもそも、こんなにも真剣になってくれたこと自体予想外だ。

イルヴィスは恋愛《れんあい》のアドバイスが欲しいと言っていたが、彼に私ができる程度のアドバイスが必要とは思えない。というかそれ以前に、あまりにも利害が釣《つ》り合っていないと思う。

（やっぱり私だけが得してる気がする）

だが、これ以上食い下がってもイルヴィスのプライドを傷つけるだけだ。いつかこの感謝を返したいなと考えていると、ふとイルヴィスが目を細めた。

「ところで」

「はい？」

「よく私の顔を見つめていますが、もしかして好みなんですか？」

そう言うと、イルヴィスはにんまりと口の端《はし》を上げつつ意地悪げに目をすがめて見せた。

美しい顔立ちが少しばかり近づいてきて、内緒話《ないしょ》でもするように声のトーンが抑《おさ》えられている。ただの世間話なのに、なんだかいけないことをしているような気分だ。

私は恥《は》ずかしいやらいたたまれないやらで、直視しないように頑張《がんば》って顔を背けることを強《し》いられた。答えるまでやめてくれなそうな雰囲気《ふんいき》に負けて、半ば悲鳴のように返事をする。

「それはもちろんです！　いや、だって、あんまりにも素敵《すてき》が過ぎます！」

「貴女の婚約者と比べても？」

「比べるのもおこがましいです！　というか近いです！」

少しずつ距離を詰めていたイルヴィスはその返答に満足したのか、晴れやかな笑みで離《はな》れてくれた。私の心臓はいまだに盛大に音楽を奏《かな》でているが。

「ほら、婚約者《あの男》の容姿は整っている方と言っていたでしょう。そんな方からアマリア嬢《じょう》を奪《うば》うのですから、私の顔が劣《おと》っていたら困るかと思いまして」

「鏡を見たことがないのです？　それよりさっそくアドバイスですけど、そういうことは誰彼《だれかれ》構わずやらない方がいいですよ」

だいたい婚約者はそこそこ容姿がいい程度で、あれくらい普通《ふつう》にいる。それに対して、イルヴィスは微笑みだけで人を骨抜《ほねぬ》きにできる恐《おそ》ろしい美形だ。

そもそも容姿だけ見ても天と地くらいの差があるのに、人間性を含《ふく》めるといっそ別の生き物だと言われた方が納得《なっとく》できるくらいの差が生まれてしまう。

「あいにく、他人からの評価にはあまり興味がないもので。貴女《あなた》だから聞いたんですよ」

とどめとばかりに甘やかな笑みで追い打ちをかけられた。これなら自力でこの国の王女でも簡単に落とせると思うが、何が不安なのだろう。

とにかくこの甘ったるい空気を変えたくて、私は小さく咳《せき》ばらいをした。

「ひとまず、しばらくイルヴィス様と呼ばせていただきますね」

「では、私はアマリアと」

「は、はい！　……なんだか、少し変な感じがします」

「すぐに慣れますよ」

今まで婚約者にしかそう呼ばれたことがないせいか、イルヴィスの耳触《みみざわ》りの良い低音に紡《つむ》がれる自分の名前が一等特別に聞こえた。

「さて、お互《たが》いの緊張《きんちょう》もほぐれたころでしょうし……そろそろ本題に入りましょうか」

「え、イルヴィス様も緊張していたんですか？」

「ご両親に問い詰められる前に、話を合わせた方が良いかと思ったのですが」

「清々《すがすが》しいほどの無視ですね。おっしゃる通りですけど」

「そうでしょう？　だからなるべく早くお邪魔《じゃま》しようと考えたのですが。……貴女が二日酔《よ》いになる可能性を失念していました」

そう言ってイルヴィスは申し訳なさそうに柳眉《りゅうび》を下げる。昨日寝《ね》てしまった私を起こせばわざわざ今日来る必要もなかったのに、本当に優しい人だ。

「それは限界を分かっていなかった私の落ち度です。それに、イルヴィス様はきちんと家まで送ってくださったではありませんか。感謝はあっても不満など、一つもありません」

どちらかというと、何かとごり押しするところをどうにかしてほしい。困ったら顔でなんでも押し通せると思っているのだろうか。その考えは間違ってないけど。

「貴女にそう言っていただけると気持ちが楽になります」

「それで、本当に後悔《こうかい》はないのですね？」

念を押すように聞けば、にこりと笑顔が返ってきた。

「ええ。さっそく効果はあったでしょう？」

「はい。それは、もう」

あの遅起きの母が朝一で部屋に怒鳴《どな》り込んできたくらいですから。

貴女なんかが公爵様《こうしゃく》に相手にされるわけないってわざわざ口に出してたし、昨夜イルヴィスが送ってくれたことを意識しているのは間違いない。

「ですが、あの様子じゃあ母は本気で私たちの仲を信じてませんよ」

「であれば、やはりたくさんデートして信憑性《しんぴょうせい》を高めていく他ありませんね！」

「でーと」

とても真剣《しんけん》な顔をしているせいで、思わず頷《うなず》きかけてしまった。間違っても自信満々に言うことじゃない。

「おや、案外誰でも思いつく簡単な方法こそ一番有効だったりするんですよ。なんとも思ってない相手に膨大《ぼうだい》な時間を費やすなんて、普通は考えませんよ」

「それはそうですけど、堂々と何度もデートしていたら本格的に大ごとになりますって！」

「大ごとになった方が好都合です。はぁ、貴女がそんなに鈍感《どんかん》だとは思いませんでしたよ……」

「なぜ今私が呆《あき》れられたんです……？」

これ見よがしにため息をつかれる。私はイルヴィスを心配しただけなのに、まさか鈍感扱《あつか》いとは。

「いいですか、面倒事《めんどう》は私が全部何とかします。アマリアは私と仲良くなることだけに集中してください」

「ですが」

「いいですね？」

「は、はいっ！」

再び距離《きょり》を縮められたかと思えば、まるで逃《に》がさないとでもいうように手を掴《つか》まれた。有無《うむ》を言わせないとはこういうことを言うのだろう。

ひと通り話すと落ち着いたのか、イルヴィスは何事もなかったかのように手を離してくれた。

「今日はこのまま出かけるつもりでしたが、やめておきましょう。隠《かく》してるようですが、顔色が悪いですよ」

「そんなに分かりやすかったですか？」

「いえ、今気づいた程度です。……その、急に詰《つ》め寄《よ》ってすみませんでした」

「驚《おどろ》きましたが、私を思ってのことだと分かっていますので、嫌《いや》な気持ちはぜんぜんありませんでしたよ。おっしゃる通り、体調が良くないのは確かですし」

吐《は》き気はだいぶ治まったが、頭痛は一向に治まる気配がない。こんな体調で外に出たら、何も楽しめないどころかイルヴィスに迷惑《めいわく》をかけてしまうだろう。

「気分が優《すぐ》れないときは早く言ってください！　……明日《あした》改めて来ますので、今日はゆっくり休んでくださいね」

「分かりました。ですが、お見送りくらいはさせてください」

そういえば、イルヴィスは嬉《うれ》しそうに笑った。怒《おこ》っていないことに安心しつつ、イルヴィスを見送るために立ち上がろうとした私は、軽い眩暈《めまい》に襲《おそ》われた。

「これは失礼しました。レディ、お手をどうぞ」

足に力が入らず、こめかみを押さえて座り込んだ私の前に手が差し出された。これは手を取れということだろうか。

「ありがたいですけど、何です？　そのセリフ」

「おや、気に入りませんでしたか？　女性はこういうのを好むと思っていたんですが」

「時と場合と相手によるかと思います」

「貴女は好きですか？」

「時と場合と相手によりますね。ちなみに今のはナシです」

「これは手厳しい」

肩《かた》をすくめたイルヴィスは、やはりちっとも残念そうじゃなかった。しかも手は差し出されたまま。断る理由もないので、素直に厚意に甘えることにした。

これでイルヴィスの手を取るのは二回目だ。思い返せば、パーティーのエスコート以外で婚約者《こんやく》と手を繫《つな》いだことはなかった。

気の弱い婚約者を困らせたくなくて、こんな年になってもおままごとのようなお付き合いをしていたのだ。

異性とこんな風に気の置けないやり取りをするのは子どものころ以来だ。ただその相手が婚約者ではなく昨日初めて会った男だなんて、二日前の私には想像もつかなかっただろう。

「まさか自分の屋敷《やしき》でお客様にエスコートされる日が来るとは思いませんでした」

「客であったとしても、女性をエスコートするのは当然かと。ましてアマリアほど魅力的《みりよく》なら、まともな男性であれば誰だって放ってはおけませんから」

「……もしかして、私の婚約者はまともじゃないって言ってます？」

「失礼、そう聞こえてしまいましたか？」

「白々しいですね」

二人で穏《おだ》やかに会話しながらエントランスへ向かっていると、待機していたらしい母の姿が見えた。私が婚約者以外の男と話すことをうっとうしく思っている母だから、相当イルヴィスに早く帰ってもらいたかったに違《ちが》いない。

「お母様、こう……イルヴィス様がお帰りになるそうです」

「アマリアの気分が優れないようで……こんなときにお騒《さわ》がせして申し訳ありません」

私が言い直してしまったせいもあって、母はすぐに私たちの呼び方が変わっていることに気づいた。目線は私たちの手にくぎ付けで、その視線に耐《た》え切れずそっと手を離してイルヴィスと距離を取る。ちらりとイルヴィスが私を見た。

「まあ、お気遣《きづか》いありがとうございます。ですが、アマリアは元気が取り柄《え》のようなものですので、ご遠慮《えんりょ》なさらなくてもよろしいのよ？」

　相当頭にきてしまったのか、母はあろうことかイルヴィス相手に嫌みを言った。

　イルヴィスが不快そうにわずかに眉《まゆ》をひそめる。

「伯爵《はくしゃく》家の大事なご令嬢《れいじょう》にそんな無体はできませんよ。そうおっしゃる夫人だって、もし私がアマリアを傷つけたら遠ざけるおつもりでしょう」

　私に何かあったら、それを言い訳にして離《はな》すつもりなんだろう？　ということだ。そう言ったイルヴィスはアルカイックスマイルを浮《う》かべているが、肝心《かんじん》の目が笑っていない。

　その笑顔の圧力に我に返った母は、慌《あわ》てて取り繕《つくろ》った。

「こ、公爵様にそんなに心を砕《くだ》いていただけるなんて、アマリアも幸せ者ですね！」

「ははは。本日アマリアの気分がすぐれないようですので、明日また伺《うかが》います。構いませんね？」

「え、ええ！　もちろんですわ！」

　念を押すように言われてしまえば、口を滑《すべ》らせた母に否定はできない。

　二つ返事に満足したイルヴィスはあっさり母を解放すると、先ほどとは打って変わって優しい笑みを浮かべた。

「明日はもう少し遅《おそ》い時間にしますので、しっかり休んでくださいね」

「分かりました。お気遣いありがとうございます」

イルヴィスは再び硬《かた》い態度に戻《もど》った私に何か言いたげにしていたが、名前呼びで満足して帰って頂けないだろうか。これ以上母を不機嫌《ふきげん》にしたくない。いきなり距離を詰めすぎても疑われるだけだし、恋人《こいびと》らしい態度は明日から頑張《がんば》るので今日は勘弁《かんべん》して欲しい。

「まあ初日ですし、結果は上々といえるでしょう。端《はな》から長期戦覚悟《かくご》ですし」

しばらくじっと私を見つめていたイルヴィスだが、やがて渋々《しぶしぶ》納得して諦《あきら》めてくれた。

「お見送りありがとうございます。これにて失礼させていただきますね」

イルヴィスがまさに帰ろうとしたそのとき。

タイミングが良いのか悪いのか。道をふさぐように、玄関《げんかん》からひどい猫《ねこ》なで声が聞こえた。

「うちの前にずいぶんと立派な馬車が止まってるから、いったいどなたかと思えば……ランベルト公爵様じゃありませんの！」

──妹が、帰ってきた。

小さいころから何かと妹に思うところはあった。だが婚約者を寝取《ねと》られてからは、妹と顔を合わせる度《たび》に死にたくなるほど惨《みじ》めな思いをしてきた。

『お姉さまには本当に申し訳ないと思っているのよ？　でも、でもわたくし、ずっとずーっとあの人が欲しかったの！』

『ウィリアムさまはわたくしの手を取ってくれたけど、わたくしはお姉さまがあの人のこと好きだって知っているもの』

『これからもウィリアムさまと仲良くしたいのだけど、お姉さまから奪《うば》ったりしないわ！……だからだから、許してくださるわよね？』

隠しきれないほどの優越《ゆうえつ》感をにじませたあの甲高《かんだか》い声が忘れられない。私と似た顔が嘲《あざけ》りに歪《ゆが》むのに、吐きたくなるほどの嫌悪《けんお》感《かん》が心中で渦巻《うずま》く。妹が言っていることが何一つ理解できなかった。

私が好きだと知っていながら婚約者を誘惑《ゆうわく》して、寝取ったのか。人の婚約者を口説いた口で、謝りもせずに許しを乞《こ》うの？

……でも。何より悔《くや》しかったのは、何も言い返せなかった自分自身だ。

（お姉さまから奪ったりしない？　それはそうでしょうね）

妹は他人のものにしか興味を持っていない。その癖《くせ》が人間相手でも適用されると知ったのは最近だが、どうやら人が大切にしていればいるほど欲しくなってしまうらしい。

つまり、妹にとって、私が婚約者を思っているのが何よりも重要ということだ。

『私の婚約者』だから欲しくなっているのだから、きっと自分のものになった瞬間《しゅんかん》興味がなくなってしまうのだろう。そして私の次の婚約者にも同じようなことをするのだ。

私にはまったく理解できない感覚だけれど。

「わたくしはオリビア・ローズベリーと申しますわぁ。あの、貴方《あなた》さまはイルヴィス・ランベルト公爵《こうしゃく》さまでいらっしゃるのよね？」

妹は、外出用の派手なドレスを着ており、たった今帰って来たのだと分かった。

久しぶりにちゃんと顔を合わせた妹は、心なしか以前より色つやがいい気がする。私が打ちひしがれている姿を見てさぞ気分が良かったのだろう。

「あら、朝の散歩から帰ってきたのね、オリビア」

母は妹が変なことを口走る前に口を挟《はさ》む。

まあ、婚約者もいない令嬢が朝帰りなんて醜聞《しゅうぶん》以外の何ものでもないだろう。母にそういう感覚があるのなら、切実にウィリアムとの件もしっかり対応してほしかったのだが。

そんな冷めた気持ちで妹の様子を窺《うかが》っていた私は、おぞましいものを見てしまった。

「まさかわたくしの家でご令嬢方の憧《あこが》れである公爵さまにお会いできるとは思いませんでしたわ！　今日はなんていい日なのかしら！　ここにはどういったご用件で？」

「オリ、ビア……」

嘘《うそ》でしょう、という言葉は喉《のど》につっかえて出てこなかった。

妹の飢《う》えた獣《けもの》のような目線はイルヴィスにくぎ付けで、あからさまな媚《こ》びた態度ですり寄っている。ただでさえ胸元《むなもと》が大胆《だいたん》に開いたドレスなのに、さらに寄せて胸を強調するポーズで同性の私でも直視しにくい。イルヴィスに狙《ねら》いを定めているのは明らかだった。

ひくりと、自分の頬《ほお》が引きつるのを感じる。

オリビアは可愛《かわい》らしく笑っているが、腹の中ではイルヴィスを手に入れる算段でも立てているだろう。私の婚約者《こんやく》のことなど忘れて。

（――っ、オリビアに会ってしまった……）

さっきまでの何もかも上手《うま》くいくような気持ちが、瞬《また》く間に消えていく。両親も婚約者も、みんな妹を優先した。きっとイルヴィスも私なんかより妹の話に耳を傾けるだろう。

襲《おそ》いかかる無力さと嫌悪感で、私はいっそこのまま気絶してしまいたかった。

正直、逃《に》げ出したい気持ちでいっぱいだが、イルヴィスを巻き込んだのは私だ。そんな無責任なことはできない。頭痛がストレスで悪化するのを感じる。

妹を黙《だま》らせるべきだとわかっているのに、全身がこわばって言うことをきかない。そのくせ目線だけは二人に縫《ぬ》い付けられたように逸《そ》らせず、イルヴィスが断ってくれることを期待する自分がたまらなく嫌《いや》になる。

そんな私なんて目に入っていないのだろう、妹のアピールは終わらない。

「うふふ～、初めてこんなに近くでお話ししたのですけど、公爵さまって本当にお素敵《すてき》でいらっしゃるのねぇ！　わたくし、虜《とりこ》になってしまいそう」

「ありがとうございます」

そっけない物言いに思わず目を丸くする。

「声もとっても魅力《みりょく》的でわたくしの好みですわぁ！　どうしましょうどうしましょう！　胸が高鳴ってしまうわぁ」

「それは散歩したあとだからでは？　はやく休まれることをお勧《すす》めします」

とてもちょっと前に姉の婚約者を寝取った女のセリフとは思えない。あんなに情熱的に追いかけていたのに、もうウィリアムのことはどうでもよくなったの？

罪悪感なんて少しも抱いていないだろうとは思っていたが、まるで自分の行動を覚えてないかのような変わり身だ。

そんな妹は自分が適当にあしらわれていることに気づいていないようで、今も聞くに堪《た》えない言葉を並べている。母が咳《せき》ばらいをした。その目は私に早くどうにかしろと語っていた。

しかし先にそれに気づいたイルヴィスは、私に向かって大丈夫《だいじょうぶ》だというように優しく微笑《ほほえ》んだ。自分が微笑みかけられたと勘違《かんちが》いした妹は黄色い悲鳴をあげたが、不思議とその甲高い声で私が再びこわばることはなかった。

「ランベルトさまは今からお帰りになるところかしら？　さっき偶然《ぐうぜん》耳に入ってしまったのだけれど、この後はお暇《ひま》なのでしょう？　お姉さまに代わって、わたくしがお供いたしますわよ？」

妹はくねくねと体を揺《ゆ》らしながらすり寄ろうとする。もちろんイルヴィスはアルカイックスマイルのまま距離《きょり》を空けたが。

（そんな偶然があってたまるものですか）

パーティーによく行く妹は、公爵家の家紋《かもん》を知っているのだろう。そしてそれがついている馬車が庭先に止まっているのに気づいて、接近をもくろんだに違《ちが》いない。

そしてタイミングを窺っているときに、私たちの会話を盗《ぬす》み聞いたのだろう。

「申し訳ありませんが、この後は仕事をしなければならないんです」

「えっ、先ほどはお姉さまと出かける予定だったとおっしゃったのに……？」

「明日《あした》に予定がずれましたので、その分の仕事を今日中に終わらせないといけないのです」

その言葉に勝ち目がないと分かったのか、妹は悔しそうな顔をしつつも引き下がった。

だがその目線は憎《にく》らしげに私をにらみつけており、イルヴィスの姿が見えなくなればすぐに飛びかかってきそうだった。

「ささ！　公爵様もそうおっしゃっていますし、これ以上引き留めては悪いでしょう。淑女らしくお見送りをしましょうね」

妹が黙り込んだ途端《とたん》、母はここぞとばかりに会話を切り上げた。反論を絶対に許さない気迫《きはく》を感じる目で妹をにらんでいる。

「そうですね。アマリアの体調が悪化しているようなので、見送りはここまでで結構です」

「お気遣《きづか》い痛み入ります。それでは、また」

「ええ、また明日お会いしましょう。お体を大切に」

簡単に別れを済ますと、イルヴィスは今度こそ玄関《げんかん》に向かった。

「ああ、そういえば一つ、言い忘れたことがありました」

しかしすぐに歩みをやめると、凄《すご》みのある笑顔で妹を振《ふ》り返《かえ》った。

「貴女《あなた》に、アマリアの代わりはできませんよ」

ヒュッと、思わず息をのんだ。

言われた妹か、それとも間近でそれを聞いた私のどちらが発したのかは分からない。あるいは両方かもしれないし、精神的に参った私の幻聴《げんちょう》かもしれない。

でも。

「まったく、なんて顔をしているのですか。何の心配もありませんよ。私はいつでもあなたの味方ですから」

それでも、私がその言葉に救われたのは、確かだった。イルヴィスは、あ、とか、う、とか言葉にならない音ばかりを出す私に優しい笑みを残すと、今度こそ帰っていった。

「……公爵さま、お姉さまを『アマリア』と呼んでいらしたわね」

イルヴィスの姿が見えなくなっても呆然《ぼうぜん》と立っていた私は、その言葉で我に返った。

こちらをまっすぐにらむ妹の声は、地を這《は》うほど低い。私と同じエメラルドグリーンの瞳《ひとみ》には嫉妬《しっと》の炎《ほのお》が渦巻《うずま》いていて、今にも私を焼き殺してしまいそうだ。

以前は妹のこの目が苦手だった。妹がそんな風に私を見る度《たび》、今度は何を奪《うば》うつもりかと怯《おび》えていた。

でも、不思議と今の私にはそんな感情はまったくなかった。

「お姉さまは最近、落ち込んでいるようでしたのに……分かりましたわ、落ち込んでいる振りをして公爵《こうしゃく》さまに慰《なぐさ》めていただいたのね！　信じられませんわ……婚約者がいらっしゃるのになんて浅ましいのかしら！」

自分の行いをすべて棚《たな》に上げて、妹は見当違《ちが》いな考えを大声で喚《わめ》いている。使用人たちが呆《あき》れた顔で見ていることに気付いていないのか。

（その婚約者を寝《ね》取ったのも貴女でしょうに）

もしかしたら妹にとって、姉の婚約者を寝取ったことより、婚約者がいる身で他の男と話すことの方が悪いと思っているのかもしれない。手に入れたいと思ったものに相手にされなかったことへの八つ当たりもあるだろうけど。どちらにせよ正常な思考ではないが。

「やっぱり噂《うわさ》なんて当てにしてはいけないのね！　女性が苦手だなんて嘘に決まっているわ！　だってだって、公爵さまはあんなにもお優しそうでいらっしゃるもの！」

妹は目を血走らせながら、早口で続けた。

「婚約者ができないのはきっと運命の相手を探しているのね！　ええ、そうに違いないわぁ！　だからお姉さまみたいな強欲《ごうよく》な女に騙《だま》されてるのよ」

「貴女、にらまれたのにお優しいって……」

「お姉さまこそ何をおっしゃっているの？　だってだって、あれは控《ひか》えめで優しいわたくしが、わがままなお姉さまと同じになれないってことでしょう？　わたくしのために怒《おこ》ってくださったのよ」

恐《おそ》ろしく前向きな思考である。

しかも言われたことを自分に都合のいいように変換《へんかん》する能力と、聞きたいところだけを聞く能力もついているらしい。

呆れて何も言えない私を見て、図星を突《つ》いたと思った妹は再び得意げになった。

「ほうら、やっぱりそうだったのね。ああ、公爵さまはなんてかわいそうなお人かしら！　わたくしが解放して差しあげなければっ……！」

凄い勢いでまくし立てた妹は、私に目もくれずに自分の部屋に走り去った。嵐《あらし》が去ったようでため息をつきたくなる。それよりも先に今まで我関せずといった様子だった母から大きなため息が出た。

「まったく、朝からなんて騒《さわ》ぎなのかしら」

　都合の悪いことが立て続けに起こったからだろう。母の機嫌《きげん》は朝より悪くなっており、妹が消えていった方に目もくれず眉間《みけん》のしわを深くして私をにらんだ。

「アマリアもオリビアも子どもじゃないんですから、あんまり親を困らせないでちょうだい！　はあ、今日はサロンでのんびりするはずだったのに……最悪よ！」

　母はこうなれば止まらない。とにかく気が済むまで目に付いたものに片《かた》っ端《ぱし》から文句を言うのだ。

「だいたいアマリアねぇ、貴女も貴女よ！　どうして婚約者《こんやく》がいるのにランベルト公爵様を家に連れてくるのよ。大事な時期に貴女は何をしているのよ！　婚約者を繋《つな》ぎとめるより外で男遊びなんて！　信じられないわ！」

　妹が私の婚約者を寝取ったときもこんなに怒っていなかったのに。

（オリビアは許されたのに、私はこんなことも罪になるのですか？）

　理由はわかっている。私がウィリアムの不興を買ったら婚約が破棄《はき》されてしまうからだ。

　今やローズベリー伯爵《はくしやく》家は歴史だけが取り柄《え》の張りボテで、両親の派手な金遣《かねづか》いの裏で家計は火の車。ウィリアムと結婚《けつこん》した後の援助《えんじよ》を目当てにしている日々だ。

　だから両親はいつもウィリアムを優先してきたけど、そんなにお金と名誉《めいよ》が大事なのかな……。

「お母様、それはっ」

「結構！　今日は疲《つか》れたから聞きたくないわ。後にしなさい」

荒《あ》れた母はそれ以上私が何かを言うのを許さず、妹と同じように自室に戻《もど》ってしまった。

……まあ、変にあれこれ聞かれるよりはマシだったと思おう。母が私の言うことを聞かないのは、別に今に始まったことではないし。

絶不調な体を引きずって、私はなんとか部屋にたどりついた。すぐにメイドたちに休む準備を整えてもらい、今は身動《みじろ》ぎもできずにベッドに横たわっている。

金槌《かなづち》で殴《なぐ》られているような頭の痛みで眠《ねむ》ることもできず、私は波が過ぎるまでベッドの上でぼんやりしていた。体調が悪いと、人間は悪いことばかりを考えてしまう。

（なんで、こんな思いをしなきゃいけないんだろう）

幼いころから、事ある毎《ごと》に言われていたことが頭の中をぐるぐる回る。

『アマリア。貴女は将来、ウスター侯爵《こうしゃく》三男のウィリアムと結婚して家を継《つ》ぐのよ』

ローズベリー伯爵家の跡取《あとと》り。いずれ子を生《な》して、家系を次代へ繋ぐためだけの存在。それが私の役割で、家のために生きない私に価値はなかった。

勉強や両親からの重圧に耐《た》えきれなくて、小さいころは家を抜《ぬ》け出して反抗《はんこう》をしていた。でもその度に折檻《せっかん》され、勉強や稽古《けいこ》の量を増やされていったのだ。そしてその日に出された課題を終えないと、また折檻されるのを繰《く》り返す。

そんな厳しい躾《しつけ》をされていた私とは違《ちが》い、妹は極《きわ》めて自由に育った。両親は家を継げない妹に興味を持たず、妹が欲しがったものは何でも与《あた》えたし、勉強や稽古が嫌《いや》だと抵抗《ていこう》すればそれらをすべて無くした。

たとえ妹が私の持ち物を欲しがったとしても、両親は面倒《めんどう》そうに「お姉さんなんだから我慢《がまん》しなさい」と私を責める。最初のころは私も嫌がったり、怒ったりと抵抗をした。でも両親はその途端に冷たい顔をするので、捨てられるのが怖《こわ》くてすぐに抵抗することをやめた。

そんな両親は、私が家庭教師にほめられたときと、ウィリアムと会う日だけはとっても優しい。

だから婚約者のことはすぐに好きになれた。そのまま結婚して家を継ぐのが私の唯一《ゆいいつ》の道だと思った。

呑《の》み込んで、我慢して、押し殺して、誰《だれ》にも逆らわなければしあわせになれると。

そう、信じていたのに。

『貴女に、アマリアの代わりはできませんよ』

イルヴィスは、当たり前のように私自身を尊重してくれた。選んでくれた。わざわざ恋《こい》人《びと》の振《ふ》りまでして、なんの利益もない婚約破棄《こんやくはき》に協力してくれて。

——そのおかげで、私はやっとこの家がおかしいのだと気がつけたのだ。

(私、助けてもらうのに甘んじていたな)

母が失礼な態度をとれば、私が戒《いまし》めなければならなかった。

妹がイルヴィスに色目を使ったとき、私が止めなければならなかった。

たとえ家族であっても、理不尽《りふじん》にひどい言葉を投げられたのなら私は怒らなければならなかった。

(そもそもイルヴィスとは婚約破棄までの関係よ。次の婚約を押し付けられたら、私は今度こそ逃《に》げられない)

戦うことを諦《あきら》めて、楽だからと偽物《にせもの》の居場所でしあわせだと自分を騙していたけど。一度違和感《いわかん》に気づいてしまったら、もう目を背けることができないほどの虚《むな》しさと憤《いきどお》りが心の中に居座っていた。

ふと、今までされてきたことが走馬灯のように流れて、こんなに我慢していたのが馬鹿《ばか》らしくなって。

「なんで私がここまで全部我慢する必要があるの！　まとめて地獄《じごく》に叩《たた》きこんでやる‼」

私は吹《ふ》っ切れた。

使用人に罪はないし、領民は守らなければならない。でも、どうして私だけが犠牲《ぎせい》にならないといけないの？

奪《うば》われるのも見下されるのも、理不尽を強いられるのも、もううんざりだ。

（私がこの家に尽《つ》くす義理はない。あの人たちが、好き勝手に私を都合のいいように扱《あつか》ったんだ）

妹も両親も婚約者も許さない。彼らに、私が今まで捧《ささ》げてきた時間の対価を支払《しはら》わせてやる。

（私は都合のいい人形じゃないの。言う通りにはならない。なってやるものですか）

頭は相変わらず痛むが、心持ちはとてもいい。胸の中がすっきりしたおかげで、やっと眠れそうだ。

タイムリミットはウィリアムとの結婚式。

両親に招待状を出されてしまう前に復讐をやり遂げなければならない。自由《じゆう》に

妹の様子だと、明日《あした》は何かことを起こすだろう。しっかり体調を整えて迎《むか》えてあげないといけない。私に言い返されたことなんてないから、妹はきっと面白《おもしろ》い反応を返してくれるだろう。

うん、久しぶりにいい夢が見られそうだ。

第二章 ― あと少しだけ、甘美な夢を

翌日、私はぱっちりと目覚めた。

昨日の鉛《なまり》のように重かった体は羽根のように軽く、こんなすっきりとした目覚めは本当に久しぶりだ。

カーテンの隙間《すきま》から光が柔《やわ》らかく差し込んでおり、晴天であることにホッと胸を撫《な》で下ろした。どうやら昨日の昼頃《ごろ》から今の今までずっと寝《ね》ていたようだ。

眠りが深すぎて気付かなかったのか、それとも呼ばれていないのかは知らないが、疲労《ひろう》が溜《た》まっていたのだろう。夕食の時間も寝ていたせいで丸一日何も口にできていないため、今は空腹感がすごい。

(お母様の機嫌《きげん》が悪かったし、起きていたとしてもご飯抜きの可能性があったけど)

以前なら嫌《きら》われまいと母の機嫌を取っていただろうが、生憎《あいにく》そういう生き方はやめることにしたのだ。

イルヴィスは昨日より遅《おそ》い時間帯に来ると言っていたので、時間は十分にある。ハンドベルでメイドを呼び、今日の予定を伝えて身支度《みじたく》を整えてもらう。メイドたちが外出用の

ドレスを見繕《みつくろ》っているのを眺《なが》めていると、嫌なものを見つけてしまった。

「エマ、その暗緑のドレスを処分して。あ、ミラが今持っているその紺《こん》色のも」

昨日まで私が大切にしまっていたものだ。今となっては負の感情しかないが。

「ええ!?　で、ですが、これらのドレスはウィリアム様からの贈《おく》り物では……」

とても若い令嬢《れいじょう》に贈る色ではない二着のドレスは、どちらも誕生日に婚約《こんやく》者から貰《もら》ったものだ。他にも何着か貰っていたが、可愛《かわい》らしい物はすべて妹が持っていった。手元に残ったのは妹すら奪わなかった流行《はや》りから遅《おく》れたものだけで、その上とても私に似合うとは思えないドレスばかり。

結局、送られたドレスを一度も着ていなかったことについて、ウィリアムが気づく様子はなかった。妹の行動を見た両親がそれを咎《とが》めることもなかった。

私は本当に両親からも婚約者からも愛されてなかったんだと、何度も思い知らされる。

「ウィリアム様からの贈り物だから、よ。それに、どちらも私に似合わな過ぎて着られないってこと、貴女《あなた》たちの方がよく知っているでしょう？」

「…………」

「…………」

メイドたちは一斉《いっせい》に目を逸《そ》らして沈黙《ちんもく》した。その行動が何よりの証明である。

何を隠《かく》そう婚約者からドレスを貰ったとき、私は舞《ま》い上がってそれを着てパーティーに行こうとした。そんな私を全力で止めたのは彼女たちなのだ。あのときは疑問に思っていたが、そのドレスを着て行ったら間違《まち》《が》いなく笑いの種になっていただろう。恋《こい》とは目を曇《くも》らせるのである。

「気持ちの整理にもなると思ったけど、ダメだったかしら？」

「…………！」

静かに目を丸くしたのはメイドのミラだ。一拍遅《いっぱくおく》れて、もう一人のメイドが力強い声をあげる。

「いえ、とてもいい考えだと思います！」

目を輝《かがや》かせてうなずいたのはエマで、私の専属メイドだ。家族《あの人たち》とは分かり合えなかったが、その分使用人たちとの仲は良好である。

ティーカップを投げつけられたメイドの手当から始まり、体罰《たいばつ》を与《あた》えられていた園丁《えんてい》を介抱《かいほう》したりするうちに信頼《しんらい》関係ができた。私たちは母と妹の目を盗《ぬす》んで助け合う仲だ。

「素晴らしい決断だと思います。後程《のちほど》引《ひ》き裂《さ》いて処分しておきます」

あんまり表情が変わらないミラは、いつもより素早い動きで婚約者から貰ったドレスを端《はし》に寄せる。引き裂くって……。

「それにしても、どういう心境の変化ですか？　アマリアお嬢様《じょうさま》からそんな言葉を聞けるなんて思いませんでしたよ！」

二人は改めて衣装を選びながら、とても嬉《うれ》しそうに支度を始めた。

「何を言ってるのエマ。ランベルト公爵《こうしゃく》様のおかげに間違いありません。昨日の公爵様の様子を見たでしょう？」

「確かにそうですね！　ウィリアム様とは何もかも大違《ちが》い！　ずっと言えませんでしたが、私にはあの根性《こんじょう》無しがお嬢様を幸せにできるとは思えませんでした！」

　エマは怒《おこ》りながらもテキパキと準備を進めていく。冷静に考えるたびに、私はなぜあんなのを本気で好きだったのかと後悔《こうかい》する。

「というかあのおん……ゴホン、オリビア様の顔見ました？」

「オリビアの顔？」

「ええ！　お嬢様は昨日ぐっすり寝ていましたからご存じではないでしょうが、公爵様が帰ったあとに大暴れしていたんですよ」

「アマリアお嬢様が婚約したときより暴れていましたよ。おかげで使用人が全員片付けに追われて、お嬢様に夕食を届けるのが遅くなってしまったんです。お嬢様はぐっすりで起きませんでしたが」

　なるほど、誰《だれ》も私を起こそうとしなかったのはそういうことだったのか。話を聞くと、昼間は母が居ないせいで止められる人がいなかったそう。

　なんと私とイルヴィスが使っていた部屋の調度品はすべて粉々になったらしい。いったいどんな暴れ方をしたのだろう。

「そういえば、ひと暴れして落ち着いたのか、どこかに出かけていましたね」

「家紋《かもん》付きの馬車に乗っていたから、どこかの貴族の屋敷《やしき》に向かったのかと思います」

「貴族の屋敷に？　先触《さきぶ》れも無しに？」

公爵であるイルヴィスだって、一応は先に従者を発《た》たせていたというのに。

先触れがない訪問は門前払《もんぜんばら》いをされてもおかしくないというのに、そんなマナー違反《いはん》をしてまで妹は誰の家に行ったのだろう。家紋付きの馬車は相応の理由がなければ使えないのに。

「珍《めずら》しく夕食前に帰ってきましたが、ずいぶんと満足そうでしたね。どうせ男のところでしょうけど」

「昨晩はずっとドレスを選んでいましたしね。本当にどこかの令息《れいそく》と出かけるのかもしれません」

妹が？　このタイミングで？

確かに普段《ふだん》の妹なら、それは不自然な行動ではない。でも、イルヴィスが来ることを知っているのに、妹が今日どこかへ行くはずがない。

（なにかを企《たくら》んでいるに違《ちが》いないわ）

嫌《いや》な予感がして、私はエマたちに準備を早めるようにお願いした。熟練のメイドなだけあって、二人は手早く私の支度を完璧《かんぺき》に整えてくれ、満足げな笑顔で私の前に鏡を運んできた。

「私、こんなドレスも持っていたのね」

鏡に映る私はまるで別人のようだ。

白い生地のプリンセスラインのたっぷりとしたスカート部分には、ライムグリーンの刺《し》繡《しゅう》が見事に施《ほどこ》されていた。襟元《えりもと》や長袖《ながそで》は白いレースで縁取《ふちど》られ、うっすらとした化粧《けしょう》が程よく映える。

昨日までのくたびれた女の面影《おもかげ》は、もうそこにはない。

「さすがに気合の入れすぎでは……？」

「なにを言いますか！　今日は初デートなんですよ⁉　世界で一番のお姫《ひめ》様にならなくてどうするんですか！」

「そうですね。ウィリアム様はお嬢様が着飾《きかざ》るのを過剰《かじょう》に嫌っておりましたから、今日はお嬢様が誰よりも美しいことを示しましょう」

ウィリアムは私が華《はな》やかな装《よそお》いをするのを嫌がる。特に肌《はだ》を出すことには厳しかったが、あの妹と寝たんだから本当に意味が分からない。

「私たちの渾身《こんしん》のできですよ！」

「ええ、ありがとう。早くて助かったわ」

初めての年頃《としごろ》の令嬢らしい格好に気分が高揚《こうよう》する。今まで暗い色ばかり着ていたから、白いドレスが見慣れなくて鏡の前でくるっと回ってしまった。

エマたちが微笑《ほほえ》ましげな顔をしているのが鏡越《ご》しに見えて、はっと我に返る。

「と、とりあえず朝食をとりましょう！」

「ふふ、そうですね」

「今朝はお嬢様の好物を用意しましたよ！」

二人の視線から逃《のが》れるように、私は早足で部屋を出た。なんとか両親が寝《ね》ているうちにこの家から立ち去りたい。

慣れないヒールで転ばないようにゆっくり階段をおりていくと、なんだか一階が騒《さわ》がしいような気がする。

(……朝食の準備をしている音かしら?)

我が家の食事は母の機嫌《きげん》の善《よ》し悪《あ》しでガラッと変わる。今朝の母の機嫌がいいとはとても思えないので、いつもなら黙々《もくもく》と準備が進められているはずだ。

不思議に思いながらも食堂を覗《のぞ》くと、そこには信じられない人が座っていた。

「あ……久しぶり、アマリア。その……調子はどう、かな」

視線を彷徨《さまよ》わせながら、その人は弱々しく声をかけてきた。

私の婚約《こんやく》者――ウィリアム・ウスターが、なぜか我が家の食卓《しょくたく》にいた。ふわふわしていた気持ちが一瞬《いっしゅん》で冷める。だから食堂が賑《にぎ》やかだったんだと納得《なっとく》するのと同時に怒《いか》りが湧《わ》いてくる。

　というか申し訳なさそうにしないで欲しい。そりゃ浮気《うわき》したんだから気まずいだろうけど、本心から悪いと思っていないのに、外面《そとづら》は取り繕《つくろ》うあたりより腹立たしい。

　だがさすがに侯爵《こうしゃく》家の三男を殴《なぐ》る訳にもいかないので、私は嫌悪《けんお》感《かん》を堪《こら》えつつ他人行儀《ぎょうぎ》な笑みで取り繕った。

「おはようございます。本日はどのような用件でこんな時間にいらっしゃったのでしょうか？」

「えっ、ああいや……その、実はオリビアが昨日来てね」

　ウィリアムは言いにくそうに口ごもり、ダークブラウンの瞳《ひとみ》を逸《そ》らした。その内容に、思わず眉《まゆ》をひそめてしまう。浮気しておいて、よく妹と会ったことを堂々と言えたものだ。怒りが湧き上がるのを感じながら、どこか冷静に妹は昨日ウィリアムのところに行ったのだと察する自分がいた。

「そうですか。では、今日はオリビアに用があったのですね。でしたら関係のない私は失礼させていただきます」

「あっ、待っ——おい、その格好はなんだ！」

　やっと顔を上げたウィリアムは私のドレスを見た瞬間《しゅんかん》。椅子《いす》を倒《たお》す勢いで立ち上がり、目を剝《む》いて怒《おこ》った。さっきまで申し訳なさそうにしていたのに、今は私をにらんでいる。いつもなら私は顔を真っ青にして謝って慌《あわ》てて着替《きが》えていたと思う。だが、私はもう婚約者《こんやくしゃ》のご機嫌を窺《うかが》うつもりはないのだ。

にこりと、私は私が思う一番の笑顔を作った。

いつものように私が謝ると考えていたウィリアムは、たったそれだけのことでうろたえた。口角が上がりそうになるのを、口の中を嚙《か》むことで耐《た》える。ひらりとスカートのすそをつまみ、見せつけるように少し広げた。

「あら、お気付きになりました？　このドレス、とても素敵《すてき》ですよね。私は結構気に入っているんですが、ウィリアム様はいかがでしょうか」

「!?　……あ、ああ！　その、ドレスは派手すぎると思う。そんなに目立つ格好は良くないよ」

「目立つのが良くない、ですか。それはどうしてでしょう」

露出《ろしゅつ》の多いドレスが嫌、ならまだ理解できる。否定されるのが怖《こわ》くて今まで理由を聞いたことはなかったが、私はずっとウィリアムが派手な格好の女性が苦手なのだと思っていた。だから派手と露出を体現したような妹と寝たことを不思議に思っていたのだが……さっきの言い方からすると、どうやら違うようだ。

「どうしてって、そんなのも分からないのかい？　そんな格好をするのは自己顕示欲《けんじよく》が強い女か、男漁《あさ》りをする女ばかりってことだよ。オリビアだってそうだろ？」

「……はい？」

「だから、僕の婚約者である君に着飾る必要はないんだよ。それに、僕はそういう我が強い子は好きじゃないんだ」

そんなことも分からないのかとウィリアムは肩《かた》をすくめたが、それはこっちのセリフである。一言とて彼の言っていることが理解できない。しかし根気強く何度もウィリアムの言葉を反芻《はんすう》していると、私は小さな違和感《いわかん》に気づいた。

(気が弱くて流されやすい人だって思っていたけど……違う？)

浮気を告げられたときは気が動転して気づかなかったが、ウィリアムの言い分と言動には深刻な矛盾《むじゅん》がある。考え込んだ私が見えていないのか、ウィリアムはこれ見よがしに困ったように語り出した。

「まったく、いきなり僕に意見なんかをして、どうしたんだい。いつものつつましくて穏《おだ》やかな君はどこにいったんだ？」

無視しようとしたが、その言い方に引っかかりを感じて考え事を中断する。

「つつましくて穏やか……ですか。つまり、いつもの私は従順で何でも言うことを聞くということですか？」

「な、なにを言っているんだ⁉　ぼ、僕がそんなことを思ってるはずがないじゃないか！」

図星だったようだ。

つまり、ウィリアムは私より優位に立っていることを示すために、それだけのために今まで束縛《そくばく》してきたのだ。

「すごい慌てようですね。妹と寝たのが露見《ろけん》したときでもそんなに取り乱さなかったではありませんか」

分かりやすく言い繕うウィリアムの姿が、笑ってしまうほどに情けない。しかしなにより、私が今までこんな意気地なしの言動に一喜一憂《いっきいちゆう》していた事実に、思わず失笑する。

そんな私の態度に、ウィリアムの顔が怒《いか》りで赤く染まっていく。

「昨日、君が他の男にうつつを抜《ぬ》かしているとオリビアが泣きついてきたときは、僕の気を引く冗談《じょうだん》だと思っていたんだ。でも最近君の顔を見ていなかったし、ちょうどいいと思って様子を見に来たんだ」

「信じていたのに、こんな早朝に連絡《れんらく》もせずにいらしたんですね」

どうして妹もこの人も自分のことを棚《たな》に上げて話すのだろうか。いったいどれほど面《つら》の皮が厚ければ、そんなあたかも自分が被害者《ひがいしゃ》かのように振《ふ》る舞《ま》えるのか。

「うるさいッ！　でもこれではっきりしたじゃないか。何もなければ君が僕にそんな態度をとるはずがない！」

ウィリアムが勝手に盛り上がり始めたところで、食堂のドアが勢いよく開けられた。

「ええ、ええ！　その通りですわ。さすがウィリアムさま！　これでわたくしの言ったこと、信じてくださりますわよね？」

甲高《かんだか》い声を屋敷《やしき》中に響《ひび》かせながら駆《か》け込《こ》んできた妹は、いつにも増して……こう、気合が入っていた。

ただでさえ上半身の布地が少ないデザインだというのに、ぴったりとした赤いドレスはボディラインが分かりやすい。いったいどこで仕立てたドレスなのだろう。ここまでひどい格好をした妹は、さすがに私も初めて見る。

戸惑《とまど》いながら警戒《けいかい》するも、妹は私を押しのけてウィリアムに駆け寄った。意外なことにウィリアムは嫌《いや》そうな顔をしたが、妹はそんなことは気にも留めずにぐいぐいと近づいていた。この様子だと少しも反省していないようだ。

「その……オリビア、少し離《はな》れてくれないか？　ほら、アマリアもいるんだし」

「わたくしは悲しゅうございます！　ウィリアムさまがこんなにもお姉さまに気を遣《つか》っているというのに、お姉さまは他の殿方《とのがた》に色目を使ったんです！」

「な、なんだと⁉　君はアマリアの様子が変だから僕に何とかして欲しいとしか言わなかったじゃないか！」

「だってだって、突然《とつぜん》そんなことを言っても信じてくださらないと思ったんですもの！」

「いや、君のことは信じるよ。だからアマリアも正直に答えてほしい。君は、一人でパーティーに行って何をしてきたんだい？」

　下手な芝居《しばい》を見せつけられている気分だ。

　妹を遠ざけようとしていたウィリアムは、話を聞いた途端《とたん》に思い出したかのように怒り出した。ここぞとばかりに涙《なみだ》を浮かべた妹を抱《だ》きしめて、不信の眼差《まなざ》しを私に向けた。

（こんな下手な茶番に怯《おび》えていたのがバカみたい）

　イルヴィスが来る前に二人を追い出したい。こんなところを見せたくない。

　自分が今までのように傷ついていないことに安心して、まっすぐ二人を見据《みす》える。

「私を糾弾《きゅうだん》する前に、まずご自分の言動を振り返ってはいかがでしょう」

「な、何をいって……」

「浮気の件を差し置いても、ウィリアム様は昨日、またオリビアと一緒《いっしょ》にいたのではありませんか。それも二人きりで」

　最後のは嘘《うそ》だ。今さら二人がどういう風に何を話していたかは知りたくもないし、興味もない。

　だから、これはただ鎌《かま》をかけただけである。二人は私に強く言われたことがないので、揺《ゆ》さぶればボロを出すだろうと考えたのだ。すると案の定、焦《あせ》ったウィリアムが先に口を滑《すべ》らせた。

「ああ、いや……そっ、それは！　……そうだ、オリビアが内密に二人で話したいことがあるって言ったんだ！　だから僕は何も悪くない！」

「ウィリアムさま!?」

あっさり売られた妹は、一瞬《いっしゅん》で涙を引っ込めてウィリアムを凝視《ぎょうし》する。

いや本当に二人きりで話したのか。まだそんなに時間は経《た》っていないのに、浮気《うわき》相手と、二人きりで。

「ちょっとした冗談のつもりでしたが……本当に二人きりだったとは。この間は気の迷いだと言っていらしたのに、あれは嘘だったのですか？」

「違《ちが》う、違うんだ！　それは嘘じゃないし、昨日は本当に何もなかったんだ！　僕を信じてくれ！　僕らの仲だろう？」

そんな仲は貴方《あなた》が壊《こわ》したんですよ。

その言葉をぐっとのみこんで、私はあいまいに笑った。今はまだそれを言うときじゃない。

「……そう、ですか。さっきまで意気揚々《ようよう》と私を疑っていた人が言っていいセリフではありませんが、まあいいでしょう。私はちゃんと信じて差し上げますよ」

あからさまに胸を撫《な》で下ろしたウィリアムは、嫌《いや》みを言われているのにも気付いていない様子だ。事を荒立《あらだ》てようとしない性格からして、しばらくは何も言ってこないだろう。

「ですが、それではウィリアム様の言う通り、オリビアが悪いということになってしまいますが……」

そう言って困ったような表情を向ければ、妹はビクッと肩を震《ふる》わせた。でも、すぐに憎々《にくにく》しげに私をにらみつけた。

「なんですの？　わたくし、何も間違ったことは言っていなくてよ！」

ウィリアムは顔をそらしたまま。どうやらこれ以上関わるつもりはないようだ。

「なら、貴女《あなた》は二人とも間違っていないというのね？　私の妹はなんて人がいいのかしら」

「当然ですわ！　わたくし、お姉さまと違って優しいもの」

私は皮肉を込めて貶《けな》したつもりだが、妹は褒《ほ》められたと受け取ったようだ。二人そろってこうも嫌みが通じないと、なんだか相手をしているこちらが馬鹿《ばか》らしくなってくる。

「そうそう、私が一人パーティーで何をしていたかというお話でしたね」

この空間から一刻でも早く抜け出すため、私はさっさと話を切り上げることにした。この調子だと、朝食も諦《あきら》めた方がよさそうだ。

「お話しして差し上げる義務などありませんが、変に勘繰《かんぐ》られるのも嫌ですしね。私は」

「おや。アマリア、こちらにいらしたんですね」

私の言葉を遮《さえぎ》ったのは、心地《ここち》よいテノール。

驚《おどろ》いて振り向けば、そこには完璧《かんぺき》なアルカイックスマイルを貼《は》り付けたイルヴィスの姿があった。

「イルヴィス様!?　どうしてここに？」

いくら妹たちに気を取られていたとはいえ、誰《だれ》もイルヴィスの来訪に気付かないはずがない。使用人たちも慌《あわ》てている様子がないし、それどころか今も何食わぬ顔で仕事をこなしている。いくらなんでも使用人たちの適応力が高すぎるのでは？

「これから頻繁《ひんぱん》に伺《うかが》う予定ですので、私のことは気にしなくてもいいと使用人たちに言っておいたんです。昨日のうちに。ほら、毎回出迎《でむか》えるのは大変じゃないですか」

「そんな軽い感じで礼節をやめさせたんですか？」

イルヴィスは少しも悪びれた様子もなく、にこりと笑った。

我が家の使用人は両親に振り回され慣れているせいか、どんな状況《じょうきょう》にも素早く対応できる方だ。嫌な慣れ方ではあるが、こんなところで発揮してほしくはなかった。

「ですが、まさか先客がいらっしゃるとは思わず。驚かせてしまいましたね」

イルヴィスは私に優しく笑いかけると、またすぐに感情が読めない笑顔に戻《もど》る。驚きで呆然《ぼうぜん》としている妹と婚約者《こんやく》に口先だけの謝罪を述べた。

それだけで、二人が真逆の意味で息をのんだのが分かる。妹は恋《こい》する乙女《おとめ》のような表情で、ウィリアムはひきつった青い顔で挨拶《あいさつ》を返す。

……また、恥《は》ずかしいところをイルヴィスに晒《さら》してしまった。

「本当に公爵《こうしゃく》さまですわぁ！　今日もいらしてくださったんですね！」

「な、なぜ公爵のような方がここに……？　あ、いや、お初に目にかかります、ウスター侯爵家三男のウィリアムと申します」

いくら侯爵家とはいえ、三男ともなれば公爵位を継《つ》いだイルヴィスとは天と地ほどの身分差がある。ウィリアムは結局、疑問よりも礼儀《れいぎ》を優先させた。

ウィリアムが社交界で高位貴族とまともに話した経験がないのは分かっているつもりだが、それにしたって弱々しい姿だ。昨日はついイルヴィスと婚約者を比べてしまったが、こうしてみると比べようとする考え自体失礼だったなと反省する。

「公爵さま、今日は本当にお姉さまとお出かけになるつもりかしら？　やっぱり、やっぱりわたくしにしておいた方が楽しめると思うの！」

「は、出かける？　公爵様とアマリアが？　……まさか」

隙《すき》あらばイルヴィスにすり寄ろうとする妹の言葉を拾い、婚約者はいぶかしげに私とイルヴィスを交互《こうご》に見た。言葉の真偽《しんぎ》を測っているのだろう。婚約者は小心者のくせに、頭に血が上ると怖《こわ》いくらい大胆《だいたん》になる。たぶん今、自分が何をしているのか分かっていないのだろう。

一刻も早くイルヴィスを二人から引き離すため間に割って入る。

「オリビア。貴女、昨日断られたばかりじゃない」

「だから何よ。それは昨日の話でしょう？　それにそれに、わたくしは公爵さまをかわいそうに思って」

「イルヴィス様は貴女の憐《あわ》れみが必要なお方ではありません。身の程《ほど》を知りなさい」

思いあがらないでほしい。他人に認めてもらいたがるウィリアムと違って、イルヴィスは見え透《す》いたご機嫌《きげん》取りを必要としない人だ。

「わたくしはお姉さまと違ってスタイルもいいし愛嬌《あいきょう》もあるのよ！　公爵さまだって、気が利《き》く令嬢《れいじょう》とお話しして癒《いや》されるべきなの！」

その言葉にイルヴィスが分かりやすく眉《まゆ》をひそめた。それを取り繕《つくろ》うこともせず、わずかに語気を強くして妹に答えた。

「昨日も言った通り、貴女に代わりは務まりませんので。もちろん、貴女が好みという方はいらっしゃると思いますが」

「ほら、公爵さまもこうおっしゃっているじゃない！」

「もしや言葉の真意が伝わっていないのです？」

残念ながら気を遣《つか》って濁《にご》された言葉では妹には伝わらない。妹は言われたいいところを文字通り、かつ前向きにしか捉《とら》えられないのだ。

初めてそんな生き物を相手にしたであろうイルヴィスは、世界の神秘を垣間見《かいまみ》てしまったような顔をした。

「あの……失礼ながら、僕の婚約者とはどういう関係か伺ってもかまいませんか？」

今まで押し黙《だま》っていたウィリアムは、威嚇《いかく》をするようにイルヴィスにそう問いかけた。かなりイライラしているようだ。

「そうですね……」

罰《ばつ》してもいいほどの不躾《ぶしつけ》な視線に晒されながら、イルヴィスはもったいぶるように言葉を切る。

わずかばかり考える素振《そぶ》りを見せたイルヴィスは、面白《おもしろ》いことを思いついたという顔をして私の方を見た。その神々《こうごう》しい顔に浮《う》かんでいるのは完璧な笑みなのだが、なぜか背筋がゾクリとする。人はそれを嫌《いや》な予感というのだが。

「私とアマリアは」

イルヴィスはまたもや焦《じ》らすように言葉を区切ると、そっと私の肩《かた》を抱《だ》き寄せた。ちらりと私が嫌がっていないのを確認《かくにん》すると、二人の視線から遮るように私を後ろに下がらせる。

「ただの、友人です。心配なさるようなことは何一つありませんよ」

その言葉に嘘偽《いつわ》りは少しもない。ないのだが、イルヴィスの口元はゆるりと弧《こ》を描《えが》き、どこか愉快《ゆかい》げに細められた目は私を眺《なが》めてからウィリアムに移動する。妙《みよう》に色っぽい視線の動きだった。

そのうえでイルヴィスの声色《こわいろ》は終始、熟《う》れた果実の砂糖《さとう》漬けのように凶悪《きようあく》な甘さであ

った。あまりにも思わせぶりな態度である。

私は婚約者がいる身だから、イルヴィスが気を遣ってくれたのだろう。私が浮気《うわき》をしていると思われないように、あくまでも友人であると主張してくれている。

だがしかし、これでは勘違《かんちが》いしてくれと言っているようなものだ。案の定、ウィリアムは血が出そうなほど唇《くちびる》をかんで悔《くや》しげにしている。プライドが高い人だ。たとえ私のことが好きじゃなくても、自分のものが奪《うば》われるのは気に食わないのだろう。

しかも私の婚約者という大義名分があるのだ。証拠《しょうこ》などなくとも、思惑《おもわく》通りに身分差も忘れてイルヴィスに接するだろう。

「ッ。……そう、ですか。早とちりしてしまいましたが、僕が考えている友人間の距離《きょり》より少し近いような気がしたので」

勘違いさせるような距離に問題があるとにじませた言葉に、イルヴィスは愉快げな笑顔のまま返す。

「それは意外です。今の貴方《あなた》とオリビア嬢《じょう》の方がずっと近いと思いますが、そういった感覚はおありなんですね」

「これは彼女が勝手にしていることです」

「婚約者がいらっしゃるのでしたら、なおそれを咎《とが》めるべきでは？」

「女性にそんなことできませんよ！」

そんなのありえないとばかりに驚くウィリアムに、イルヴィスは深いため息をついてこめかみを押さえる。そして私だけに聞こえるように、小声で話しかけてきた。

「まるで話が通じませんが……彼、いつもこんな感じなんです？」

「……昔は、普通《ふつう》だったんですけど」

「つまり最近はだいたいこんな感じということですか。本当によくここまで続きましたね」

「あはは……長くなってしまいますので、あとでお話しします」

「ええ、ぜひお聞かせください」

怪《あや》しまれないように、手早く会話を切り上げる。イルヴィスの背中から少し顔を出すと、邪険《じゃけん》にされた妹がウィリアムに絡《から》んでいるところだった。二人とも私たちの話に気づいていないようだ。

イルヴィスはそれに頭が痛いとでも言うように再びこめかみを押さえた。

「それでは、この後はアマリアと約束がありますので……そろそろお暇《いとま》させていただきますね」

「あ、話はっ」

「ああ、やましいことなど何もないので、ご心配なさらないでください」

貴方とは違《ちが》いますので、という副音声が聞こえそうだ。敵《かな》わないと悟《さと》ったウィリアムは、私に標的を変えた。

「っ、アマリア！　本気なのか⁉」

「お母様から許可は出ています。すぐに帰ってくるわ」

行ってきなさいと明確に言われてはいないが、出かけるなと止められたわけでもないからそういうことにする。昨日、イルヴィスは明日《あした》も来ると言っていたわけだから、母が知らなかったということもない。

「そんなっ、公爵《こうしやく》さま⁉　貴方はお姉さまに騙《だま》されているのよ！　目を覚ましてください！」

私の返答に満足そうに微笑《ほほえ》んだイルヴィスは、騒《さわ》ぐ妹たちの声など聞こえていないかのように背を向けた。そして私に手を差し出すと、そのまま食堂の外に出るように誘導《ゆうどう》する。

「伯爵《はくしやく》と侯爵によろしくお伝えください。それでは、良い一日を」

食堂から出る前、私は黙り込む二人が気になって振《ふ》り返ってしまった。

するとそこには、憎悪《ぞうお》と羨望《せんぼう》と嫉妬《しつと》に満ちた顔で私をにらむ妹と、悲愴《ひそう》な面持ちのウィリアムの姿があった。

そんな傷ついた顔をする理由が分からなくて、ついまじまじと見つめてしまう。見つめたといってもせいぜい二瞬《まばた》き分だが、視線に気づいたウィリアムの顔から表情が抜《ぬ》け落ちた。

その据《す》わった目と目が合う前に慌《あわ》てて顔を前に向ける。しかし、それでも背中に射《い》ぬくような視線を感じ取ってしまい、思わず腕《うで》をさすった。

　イルヴィスがそんな私を不思議そうに見る。

「どうされましたか？　……もしかして私が来る前に、あの二人に何かされました？」

　鋭《するど》い問いかけにギクリとするも、心配をかけたくなくて何でもないと答えた。

（あの人は小心者だもの。頭が冷えれば、イルヴィス相手に何か良からぬことを考えたとしても実際に行動に移すとは思えないわ）

　きっと私の見間違《みまちが》いだろう。そうに違いない。

　落ち着きを取り戻《もど》した私は、半信半疑でこちらを見るイルヴィスを安心させるように、もう一度笑ってみせた。

「何もないのならそれが一番ですが、何か違和感《いわかん》があればすぐに知らせてくださいね」

「そこまで迷惑《めいわく》をかけられません」

「貴女《あなた》の身に何かあったら私が耐《た》えられません。それに、ああいう男は思い込むと恐《おそ》ろしいことも平気でします。気を付けるのに越《こ》したことはありません」

　そう言ったイルヴィスはとても真剣《しんけん》な顔をしていた。先ほどの婚約者《こんやく》の顔が頭をよぎり、思わず背筋が伸《の》びた。

「ふふ、そんなに怯《おび》えないでください。警戒《けいかい》してくだされば十分ですので」

「はい、分かりました」

「私の方でも注意しておきますが、万が一何か起きてしまった場合はすぐに連絡《れんらく》してください。どんな些細《ささい》なことでも構いませんので」

とどめにもちろん何もなくたって会いにきてもいいんですよと付け加えられてしまえば、私は素直にうなずくしかなかった。

ふと、辺りから小さな笑い声が聞こえた。

ハッとして見回すと、私たちのやり取りを使用人たちがにこやかに見守っているのに気づく。瞬間《しゅんかん》、私はここが玄関《げんかん》ホールだと思い出した。

これ以上気まずい思いをする前にと、私は驚《おどろ》くイルヴィスを半ば引っ張るように屋敷《やしき》の外に連れ出す。これは帰ってきたらからかわれるだろうな……。

そしてそれが嫌じゃないと思っている自分が居た堪《たま》れない。誤魔化《ごまか》すように馬車までの道すがらにアレコレと話しているうちに、私はウィリアムのことなどすっかり忘れてしまった。

幕間　伯爵家の裏にて

【執事長《しつじ》の話】

ああ、君が先月入ってきた奥様の従僕《じゅうぼく》ですね。そろそろ朝食の用意を……って、伯爵家について聞きたい、ですか。

それは初日に説明されたはずでは？

なるほど、もっと踏《ふ》み込んだ話が聞きたいということか。

ふむ、それにしても職務に関係のないお嬢様《じょうさま》方の幼少期を知りたいとは……。まあ、この屋敷で一週間もすれば気にもなるか。

……これは、老人の独り言ですが。

アマリアお嬢様は小さい頃からとても賢《かしこ》くてお優しい方でした。しかし、それゆえに何かと一人で溜《た》め込んでしまうところもございました。

ええ。だからこそ、伯爵家の少々厳しい教育と気ままな妹君がまかり通ってしまったんです。旦那《だんな》様方がもう少しオリビアお嬢様を気にかけていれば良かったのですが……。

はい、オリビアお嬢様は小さいころからあんな感じでした。特に学ぶことがお嫌《きら》いでして、どんな家庭教師も一日でやめさせられていたほどです。

いいえ、旦那様や奥様がオリビア様を咎《とが》めたのは最初の一度だけでした。アマリアお嬢様は大変勤勉でしたので、お二人はその落差に失望したのでしょう。

オリビア様の継承《けいしょう》権を直ちに取り上げ、成人すればすぐに他家に嫁《とつ》がせるつもりだったようです。まあ私もいい年ですので、もしかしたら空耳だったのかもしれませんが。

今の様子ではとても嫁《よめ》に行けるとは思えない？　はは、新人の君に言われると心が痛いですなぁ。

お恥《は》ずかしい話ですが、旦那様方のオリビア様への関心が薄《うす》かったせいで、発覚したころには手遅《ておく》れだったんです。幸い、当時はまだ当家の使用人に被害《ひがい》が留《とど》まっていましたので、なんとか外に漏《も》れるのを防ぐことができました。

何が発覚したのか？　浮気《うわき》騒動《そうどう》があったばかりなんです。君も子どもじゃないなら分かるでしょう？　ははは、いずれ君もオリビア様に声をかけられる日が来るかもしれませんね。心の準備は早めにしておくことをお勧《すす》めしますよ。

それから、本人から漏れるのを防ぐため、対外的にはオリビア様は難病を患《わずら》っていることにしています。ですので、オリビア様が社交界に出ることはそうありません。

アマリア様にも内密にお願いしますよ。パーティーに参加しているはずの妹が実は……なんて、知りたくない現実でしょう？

ええ、ご了承《りょうしょう》いただけて何よりです。そうそう、オリビア様のことでしたね。

ご存じの通り、純潔を失ってしまっては他家に嫁がせることもできません。それに、オリビア様が他家に嫁いだとして、嫁ぎ先で恥《はじ》を晒《さら》さないはずがありません。

そう考えた旦那様方は、アマリア様が成婚《せいこん》した後、「姉の幸せな姿が見られたから静養に専念する」ということにして存在を隠《かく》すことにしたそうです。あの方たちならためらうことなくやり遂《と》げるのでしょうが……いえ、言葉が過ぎました。今のは忘れてください。

はは、この年になるとどうも口数が多くなるのがいけない。所詮《しょせん》老人のつぶやきですので、あまり本気になさらないでください。それでは、よろしくお願いします。

【とある顔色が悪いメイドの話】

お話は聞いています、荷物を……これは。

まあ、奥様に仕えている時点でプライドはほとんど捨てました。いいでしょう、メイドが来るまでの間だけならお話ししましょう。しかしその様子では、すでに執事長のセバスから大体は聞いたのでは？

ああ、確かにあいつは専属の私と違《ちが》って奥様のことには詳《くわ》しくないでしょうね。先に言っておきますが、奥様のお気に入りであるお前が知ると楽しくない話ですよ。

……物好きですね。はあ、もう奥様とオリビア様の関係性は予想がついていますね？

はい。奥様の中でオリビア様の処置はすでに確定事項《じこう》です。もう考えることを放棄《ほうき》しているのです。あの人にとって、オリビア様は存在しているだけで伯爵《はくしゃく》家の恥ですので。

だからこそ、ですよ。諦《あきら》めているからこそ、ウィリアム様との不倫《ふりん》が発覚しても婚約を破棄《はき》しませんでした。愛のない結婚《けっこん》なんて珍《めずら》しくもないですし、そんなことより自分が考えた筋書きから外れることの方が恐ろしいでしょうから。

あんなに遊んで懐妊《かいにん》の心配はないのか、ですか。それを聞いてどうするつも……いえ、お前は知っておいた方がいいですね。はっ、知らない間にお父さんになりたくないですものね。

……オリビア様のモーニングティーには、その……薬が混ぜられています。妊娠《にんしん》しにくくなるという……すみません。メイドが来ましたので、私めはこれで。

機会があったらこんなとこ、さっさと辞《や》めた方が身のためですよ。私みたいに、辞めたくても辞められなくなる前に。

【とある若いメイドの話】

すみません、この布クズを捨てていただけませんか？

あの、顔色が少し悪いように見えますが……い、いえ！　何もないのでしたらそれが一番です！　差し出がましいことを、え？

もっと気楽にして構わない……？　ですが……いえ、分かりました！　お礼に準備、お手伝いしますよ！

その名前を出さないでください！

不愉快《ふゆかい》です。

ええ、私はウィリアム様のことが嫌いです！　むしろあんな奴《やつ》が好きなのは奥様と旦那様くらいですよ！　オリビア様はどう思っているのか知りませんけど。……お嬢様《じょうさま》ったらかわいそうに。

ウィリアム様はいつも優柔不断《ゆうじゅうふだん》で、肝心《かんじん》なことは何もおっしゃらない！　自分からは何もなさらないのに、自分は愛されて当然だとでもいうような本心が態度からビシバシ伝わってきます！　奥様や旦那様に甘やかされているからって、調子に乗っているんです！

……お嬢様は、ウィリアム様のことが好きだったようですが。

でも、今朝は少し違いましたよ！　ふふっ、きっと公爵様《こうしやく》のおかげだと私は思います！

お嬢様専属メイドの私がそう言うんですから、間違《まちが》いありませんよ！

……あの。

失礼ですが、先ほど公爵様となに話していたのかなーって、思ったりして……というか
あの方、どうやって騒《さわ》がれずにお屋敷《やしき》に入れたんです？

ええ!?　昨日のうちにセバスさんにお話をつけていたんですか!?　あのくえない執事長《しつじ》
に？　うわあ。なんというか、用意周到《しゆうとう》ですね……。

あれ、どちらに行かれるのです？　お使い？

はーい、って……あれ？　奥様、そんなこと言ってましたっけ。

まあ、従僕が間違えるはずもないか。

それよりもお嬢様のドレスの処分を急がなきゃ！

第二章　一つの終わりと始まり

半ば引きずるようにイルヴィスを屋敷から連れ出した私は、気づけば逆に馬車まで誘導《ゆうどう》されていた。実に鮮《あざ》やかな手口である。

案内されたのは公爵家の馬車だ。昨日の家紋《かもん》入りの豪奢《ごうしゃ》な馬車と比べたら見劣《みおと》りするが、それでもかなり良質なものであると分かる造りだ。

思えばイルヴィスの服装も簡素なものだ。目立たないようにするためのいわゆる『お忍《しの》びスタイル』なのだろう。まあ、少しも顔を隠していないので忍べているかと聞かれたら悩《なや》むところだが、その気遣《きづか》いはありがたい。

「大丈夫《だいじょうぶ》ですか？」

対面に座ったイルヴィスは馬車が走り出したのを確認《かくにん》すると、心配そうに問いかけてきた。ウィリアムと実際に話して、感じるものがあったのだろう。

「はい。どうしようもなかった数日前と比べたら、気持ちはだいぶ楽になりました」

「私からすれば今もおかしい状況《じょうきょう》ですけどね」

大変でしたね、と頭を撫《な》でられる。ヘアアレンジを崩《くず》さないような丁寧《ていねい》な手つきだ。父にすら撫でてもらった記憶《きおく》がないせいか、変にドキドキする。

「ところで。アマリアは結局あの男のどこに惚《ほ》れていたんです？」

「先ほどもお話ししましたが、ウィリアム様は別に昔からああいう人じゃなかったんです。最初は一緒《いっしょ》に庭でおしゃべりもして、私に気を配ってくれていたんですよ」

そう答えると、イルヴィスはジトッとした視線を私に向けた。

「……そうですか。では、彼の様子がおかしくなったのはいつです？」

「おそらく少し前からだったと思います」

「……もしかして、浮気された辺りからですか？」

「あははは……」

感覚がマヒしていたともいう。

「束縛《そくばく》自体はたぶん、昔からありました。私がおかしいって気づいたのは、成人して社交界に出た後でしたが」

「束縛、ですか」

「はい、もう少し地味なドレスにしろとか、毎回チェックされていました」

「普通《ふつう》は婚約《こんやく》者に綺麗《きれい》になって欲しいと模索《もさく》するところを、それほど長い間真逆の行動をとるなんて。信じがたいです」

イルヴィスは少し考え込むと、ハッとしたように私の顔をじっと見つめ始めた。眼《め》は真《しん》剣《けん》そのものだが、男性の視線に晒《さら》されることに慣れていない私は変に緊張《きんちょう》してしまう。

乾《かわ》いた笑いを返した私に、イルヴィスは大きなため息をついた。

「あ、あの……？　イルヴィス様？」

イルヴィスは悔《くや》しそうに顔をしかめると、再び私と目線を合わせた。その瞳《ひとみ》の中には隠《かく》し切れていない怒《いか》りが滲《にじ》んでおり、付き合いの浅い私でも彼がひどく怒《おこ》っているのが分かる。その怒りは私に向けられたものじゃないとは察せるが、いったい何に怒っているのだろう。

「アマリア」

「は、はい！」

「先ほど屋敷では警戒《けいかい》してくださればいいと言いましたが、どうやら冗談《じょうだん》では済まされないかもしれません」

「ウィリアム様がおかしなことをするかもしれない、とおっしゃっていましたね」

「はい。確かにあの男は気が弱く、少し流されやすいところもあります。しかし、そういう人間は危ない場面に立ったことがないので、加減を知りません」

思い返せば、ウィリアムが何かを進んでやることはなかった。何かあればすぐに他人のせいにして、安全地帯で黙《だま》り込む人だった。

「心当たりがあるようですね。それなら、私の予想が外れることはないでしょう」

「あの人が何かとんでもないことをする、ということですか」

「といいますか、暴走する可能性が高いです」

忘れていたはずの、婚約者の表情が抜《ぬ》け落ちた顔が頭を過《よぎ》った。

あいつにそんなことはできないという考えは、いい加減に現実を見ろという理性に殴《なぐ》り飛ばされる。

「あの男は自己完結するタイプですので、何の前触《まえぶ》れもなく行動に出ると思います。私の方でも監視《かんし》をしますが、身の回りに気を付けつつ、必ず一人にならないようにしてください」

「……そうします」

「すみません、また怯《おび》えさせてしまいましたね」

「いえ、大切なことですので」

知らずに何かあっては遅《おそ》いのだ。婚約を破棄《はき》できても、しばらく注意しておいた方がいいかもしれない。

重くなってしまった空気を変えるように、イルヴィスは朗《ほが》らかに笑った。

「せっかくのお出かけです。嫌《いや》な話はこれくらいにしましょうか」

「そうですね！　今日はどちらへ？」

「最初はブティックに行きます」

「え、ブティックですか⁉」

もしかしてさっきの話を気にしているのだろうか。

「服装にはかなり口出しされましたが、着れるものがまったくないわけではありませんよ！」

私が自由に使えるお金は少ないし、いきなりそんなところに行ったら目立つのでは？ああいうお店って、貴族しかいないだろうし。

全力で断ろうとするも、イルヴィスはむしろより行く気になっている。御者《ぎょしゃ》も公爵家《こうしゃく》の人間なのですんなりイルヴィスの命令に従い、行き先はブティックに決まってしまった。

密《ひそ》かに憧《あこが》れていたところだというのもあって、強く拒否《きょひ》できなかったのだ。

本心を言えば、同じ年頃《としごろ》の令嬢《れいじょう》たちが纏《まと》う華《はな》やかなドレスがずっと羨《うらや》ましかった。妹のように流行《はや》りのデザインを着てみたかったし、鮮やかでキラキラしたドレスに囲まれてどれを着るかで迷いたかった。

いつもは既製品《きせいひん》を買っていたから、遠目でしか見たことがないブティックに入れることにドキドキする。今はどんなデザインが流行っているのかなと考えていると、馬車の窓に映る自分の姿にはっと我に返った。あんまり買わないように気を付けないと……。

「ようこそいらっしゃいました、ランベルト公爵閣下」

馬車が止まったのは、四階建てのローズレッドの建物だった。ウィンドウにはたくさんのトルソーが置かれていて、何種類もの流行りのドレスが展示されていた。

さすがは公爵家というか、イルヴィスは簡単にブティックを貸し切りにした。あんまり流行りに詳《くわ》しくない私でも聞いたことがある有名なところで、マダムが直々《じきじき》に出迎《でむか》えてくれた。彼女は私の姿を見るとわずかに目を丸くしたが、さすがプロなだけあってすぐに営業スマイルに戻《もど》っていた。

助かるけれど、人払《ひとばら》いがされた店内の奥に案内されるとどうしても落ち着かない。

「ひとまず、今日は彼女のドレスを一式見繕《みつくろ》いたいのですが」

「一式!?」

こんな高級なブティックでそんな買い方をする貴族は限られてくる。しかも自分用ではなく、恋人《こいびと》でもない相手にだ。

「一度にたくさん増えるとやっかみを買うと考えたのですが、やはり少なかったですか？」

「逆、逆です！　うちは勝手にドレスを買ってはいけないんです……！」

伯爵家《はくしゃく》としては大変にお恥《は》ずかしいことだが、こんな高級ブティックでドレス一式を気軽に買えるほどの余裕《よゆう》はない。私があんまりパーティーに行かないのをいいことに、いつも半年おきにドレスを一着だけ新調していた。それもこんな高価な物ではない。

私は恥《はじ》を忍んでイルヴィスを止めるが、当の本人は不思議そうに首を傾《かし》げた。

「その決まりにもものを申したいのですが、それとこれとは別では？　公爵家のお金ですし……その顔、まさか私がアマリアに払《はら》わせるとでも？」

むしろそれ以外の選択肢《せんたくし》があったことに驚《おどろ》きを感じる。恋人ならともかく、私たちはそういう仲じゃないのに。

「私が勝手に連れてきておいて、そんなわけないじゃないですか。マダム、彼女に似合いそうなデザインはありますか？　日常用で」

「もちろんです！　すぐにお持ちいたしますね！」

「イルヴィス様！　本当に大丈夫《だいじょうぶ》ですから!!」

私の願いは笑顔で黙殺《もくさつ》された。マダムは恋人同士の戯《たわむ》れだとでも思ったのか、にこにこと笑ったままカウンターに消えていく。悪あがきだったとしても、私はまだ食い下がった。

「ここは私の顔を立ててください。ね？」

「いえ、それは困りますっ」

「なぜです？」

「なぜって……私は曲がりなりにも伯爵令嬢ですし、そんなことをしていただく義理がありません！」

そういうと、イルヴィスは笑顔のまま固まる。デジャヴ。心なしか小さくうめき声が聞こえたような気もした。

少しの沈黙《ちんもく》のあと、イルヴィスは錆《さ》びついた人形のようにギギギという擬音《ぎおん》が付きそうな動きで私に向き直る。

「これは私がしたくてやっていることです。義理など関係なく、私が着飾った貴女を見たいのです」

「そんな、欲しい物があったら自分で買いますよ」

小声で何度も抗議《こうぎ》してみるが、イルヴィスはまるで聞こえていないかのように店頭に飾《かざ》られているドレスを眺《なが》めている。

「ほら、このデザインなどいかがです？　今までこういった女性向けの店とは無縁《むえん》でしたが、アマリアが着ているところを想像しながら見ていくのはなかなか悪くないですね」

ほとんど独り言のようにこぼれた言葉が私の心を揺《ゆ》らす。しみじみとしたその声色《こわいろ》で、イルヴィスのまぎれもない本心だと分かったからだ。

(見た目にそぐわず、意外と頑固《がんこ》ね……)

小さくため息をつくと、ちょうどマダムがデザインブックを片手に戻ってきてしまった。

満面の笑みで商機と燃えているマダムが私を採寸に連行していくので、これ以上の抵抗《ていこう》は無意味だと悟《さと》った。

それに、ドレスを勧《すす》めるイルヴィスが本当に楽しそうで、私も感化されてしまっている。私だって、こういう風におしゃれがしてみたかったのは本当なのだから。

こうなったら純粋《じゅんすい》に楽しもう。そう思った私は、わずかに浮《う》き立った気持ちのままマダムの指示に従った。

そんな慣れない採寸のあと、私は再びイルヴィスのいる部屋に戻る。豪華《ごうか》な深紅《しんく》のソファーにイルヴィスと並んで座ると、マダムは私たちの前にたくさんの図案を広げて説明を始めた。

「アマリア様にはこのような色がよく似合うと思うのですが」

「こちらの明るい色の方がいいのでは？」

「ええ、とても素敵《すてき》だと思います！　さすが公爵閣下。ではドレスの型は……」

とんでもない熱中具合だ。肝心《かんじん》の本人が一番置いてけぼりにされている。かといって私の意見が無視されているわけではなく、イルヴィスはちゃんと私の好みも聞いてくれている。見せてもらったものはどれも素敵で、いつか着てみたいと望んでいたものばかりだ。

その中でも気に入ったものを厳選していき、するすると私だけのためのドレスの図案が出来上がっていく。深い赤をメインで使っているのに、派手には見えず逆にドレスの上品さを際立《きわだ》たせている。イルヴィスがオーダーしたのは日常用だからフリルは控《ひか》えめだが、その代わりすっきりしたシルエットが魅力《みりょく》的だ。それに合わせたアクセサリーと靴《くつ》も綺麗《きれい》で、これを着ている自分を想像しただけでわくわくしてしまった。

……だから、困る。

だって、ウィリアムと十年間も婚約していたのに、こんなに楽しい時間を過ごしたことはなかった。一緒《いっしょ》にドレスを見るどころか、庭を散歩する以上のことをしたことがない。いつもお人形のように望まれたことをやるだけで、私の意見なんて聞かれなかった。

だから、本当に困る。こんなに大切にしてもらったところで、私には恩返しの目途《めど》もたっていないのに。

出会って数日の女にここまで心を砕《くだ》いてくれるなんて、イルヴィスは本当に優しい人だ。神様など信じていなかったが、もしこの人が神様だと言われたら私は信じるだろう。

「おや。私といるのに、他の男のことを考えているのですか？」

「わっ」

つい考えこんでしまったようで、いつの間にかマダムはカウンターで御者と配達のやり取りをしていた。イルヴィスは長い脚《あし》を支えにして頬杖《ほおづえ》をつき、下から私の顔を見上げていた。

誤魔化《ごまか》そうとも思ったが、まっすぐ私を見つめているアイスブルーの瞳《ひとみ》に嘘《うそ》はつけないと思った。少しためらって、私は素直に白状した。

「よくわかりましたね」

「アマリアのことであればどんな些細《ささい》な変化でも見逃《みのが》しませんよ、と言いたいところですが……そんな顔をされたら誰《だれ》でも気づきますよ」

「え、そんなに顔に出ていましたか？」

「出ていたというか、今にも泣きそうな表情でした」

ハッとして顔を押さえる。なんてタイミングで何という顔をしているのだ私！

「ふふ、そう慌《あわ》てなくても理由はわかっていますよ。……悔《くや》しいですが、貴女《あなた》がそんな顔をするのはあの男のことくらいですからね。ええ、本当に悔しくて羨《うらや》ましいです」

「悔しくて羨ましいって、あの人には嫌《いや》な思い出しかありませんよ？　イルヴィス様の方が何倍も優しくて素敵です」

イルヴィスはやたらウィリアムを気にしているが、そもそも二人は同じ土俵にすら上がれない。

それなのに、イルヴィスは悲しげに目を細めた。涼《すず》しげなアイスブルーが寂《さび》しく揺れる。

「それでも、どんなときでも貴女に思い出してもらえる。優しいだけの私なんて、どうせすぐに忘れるのでしょう？　それはもう、妬《や》けますよ」

体を起こしたイルヴィスの腕《うで》がこちらに伸《の》ばされる。眉《まゆ》は八の字になっていて、悲しみと切なさ、それから苦しさがいっぺんに広がったような顔をした。

「いっそ、私も貴女を傷つけていれば、アマリアは覚えてくれていましたか？」

あと少しでイルヴィスの手が私の頰《ほお》に触《ふ》れる寸前、マダムの陽気な声が響《ひび》いた。

「お待たせいたしました！　ご注文の品は特急でご用意いたしますね！」

「っ……失礼、今のは過ぎた冗談《じょうだん》でした。忘れてください」

「へっ、イルヴィス様⁉」

イルヴィスは早口でそう切り上げると、ささっと立ち上がって部屋を出て行った。混乱をしているのは私も同じで、じわじわと頰が熱くなっていくのを感じつつも金魚のように口をぱくぱくさせることしかできなかった。

「あら、タイミングが悪かったかしら？」

目を丸くしドアを見つめるマダムの言葉に何も否定できなかったのは、きっと耳を赤くしたイルヴィスが目に焼き付いてしまったからだ。

しばらくイルヴィスと離《はな》れていたかったが、私はすぐに無言でニコニコとこちらを見るマダムの目に耐《た》えきれなくなった。

「お世話になりました！」

「ふふっ、またのご来店、お待ちしております」

逃《に》げるように部屋を出れば、入り口にイルヴィスが立っていた。てっきりもう馬車に戻《もど》っているのかと思っていたが、ここで待っていてくれたようだ。

「待っていてくださったのですか？」

「……アマリアを一人にして馬車に戻るわけないでしょう」

「……はい、ありがとうございます」

つまり、この人は勢いよく部屋を飛び出したものの、ここで待っていたと。そう考えると、この美しい人が途端《とたん》に可愛《かわい》く思える。意外な一面を知ってしまった。

そう考えると、このデートも案外悪くないのかもしれない。


馬車に乗る頃になると、イルヴィスはいつもの様子に戻っていた。一言御者《ぎょしゃ》に目的地を告げると、馬車は再びゆっくり動き出す。

「良い時間ですし、そろそろお昼にでもしましょうか。レストラン街ならいろんな店がありますから、ハズレは少ないですよ」

「私も賛成です！」

一度考えてしまうと、空腹感は次第《しだい》に存在感を強くしていく。それから目をそらすように、私たちは十数分ほど他愛のない話をしながら馬車に揺られた。

レストラン街が見え始めた頃、イルヴィスは言いにくそうに切り出した。

「先ほどはお付き合いいただき、ありがとうございました」

らいいか」

「お礼を言うのは私の方です。結局ドレスも頂いてしまいましたし、なんとお礼を言ったらいいか」

「気にしなくて結構ですのに」

そういうわけにはいかない。あれほど素敵な一式、母だって持っていないのに。

イルヴィスは私に譲《ゆず》るつもりがないことを察すると、困ったように眉を下げた。

「そうですね……では、次にお出かけするときに着てください」

「えっ、それだけですか？」

「おや、私はかなり楽しみにしているんですよ。なにしろ、デザインを決めているときからずっと似合うだろうなと考えていましたので」

「……本当に勘違《かんちが》いされますよ」

不覚にもときめいてしまった。わずかに早くなる鼓動《こどう》を誤魔化すように、私は冷たい視線をイルヴィスに送った。

「こんなことをするのはアマリアにだけです。……おや、到着《とうちゃく》したようです」

その言葉に合わせるかのように、馬車が静かに止まる。先に降りたイルヴィスは、甘やかな笑みを浮かべて私に手を差し出した。

ただのエスコートだとわかっているのに、少し落ち着かない。

「遅《おく》れてしまいましたが、今日のアマリアはとても綺麗です。……ふふ、やっと言えました」

少し恥《は》ずかしそうに言われて、なおイルヴィスの手を取りにくくなった。

今までそういうことと縁《えん》がなかったからか、いまいち自分が言われていると実感できない。まるでロマンス小説を見ているような気分だ。

「アドバイスが欲しいと言っていた割には、ずいぶんと手馴《てな》れているじゃないですか」

そう誤魔化して、イルヴィスの手を取って馬車から降りる。

照れを隠《かく》すためにとっさに出た言葉は、思ったより可愛げがなくてすぐに後悔《こうかい》した。怒《おこ》っていないだろうかと恐《おそ》る恐るイルヴィスを見上げれば、彼は存外嬉《うれ》しそうにしていた。

「昨日はダメ出しをされてしまいましたからね。今のはどうでした？」

「……その一言が無かったら、まあいいんじゃないですか」

「そうですか！　小説で勉強した甲斐《かい》がありました」

「昨日は仕事をすると言ってませんでした？」

「ええ、何よりも大事なタスク《仕事》でしょう？」

思わず半目になった私は悪くないだろう。

だがイルヴィスが机に向かって真剣《しんけん》にロマンス小説を読んでいる姿を想像してしまい、そのギャップで表情はすぐに崩《くず》れてしまった。

「貴女、今失礼なことを考えていませんか？」

「ふふ、イルヴィス様もそんなことをするんだなって、少し驚《おどろ》いてしまって」

「普段《ふだん》はこんなことはないんですよ。ないんですけど……」

「けど？」

「どうも、アマリアが関わると格好がつかなくて……。はあ、情けない限りです」

ほとんど独り言に近いつぶやきだった。

頬を染めたイルヴィスが少しかわいそうで、この話はここまでにしてあげよう。

「私、ずっとこのレストラン街に来てみたかったんですよ」

「……なんだか身に覚えのある話の変え方ですね」

「はは、あ！　あそこのレストランなんてゆっくりできそうでいいんじゃないですか？」

「はいはい、そうですね。ではそこにしましょうか」

私が気になったのは、白亜《はくあ》の壁《かべ》が目立つ少し端《はし》にあるレストランだった。

店内は半個室で清潔感があり、たまたま目についただけにしてはかなりの当たりを引いた気がする。どうやら軽食がメインのようだ。

「へぇ、こういったところにはあまり縁がないのですが、これは期待以上ですね」

イルヴィスの反応も上々で、物珍《めずら》しそうに店内を見回している。気を遣《つか》ってくれた店員が私たちを窓際《まどぎわ》の席に案内してくれた。

「ここ、街並みを一望できるんですね」

「街ゆく人もよく見えます！　向こう側の建物は低いから、遠くまで見えますね」

イルヴィスは景色をじっくり眺《なが》めていたが、私はそれよりもメニューを開いた。なるべくお腹《なか》が鳴る前に何か口にしたい。

どんなものがあるかなと真剣に吟味《ぎんみ》していると、外を見ていたイルヴィスが小さく息を呑《の》んだ。

「どうされたんですか？」

「……大通りでやたらと周りを見回している、あの身なりのいい男」

「そんな目立つことをしている人がいるんです？」

その言葉につられて私も外を見た。男はやはり不審《ふしん》がられているようで、道行く人が避《さ》けて歩いている。おかげですぐに見つけられた。

「――後をついてきたのでしょうか」

意味を聞く前に反射で身を屈《かが》めた。窓辺に置いてある観葉植物の陰《かげ》に隠れて、葉のすき間からそっと大通りを見る。イルヴィスは誰《だれ》がとは言わなかったが、私はほとんど直感でさっきの男を指しているのだと分かった。

ここからでは男の顔は見えないが、その焦茶色《こげちゃ》の髪《かみ》は婚約者《こんやく》と同じだ。身なりはよく、一人で当てもなく彷徨《さまよ》っているという雰囲気《ふんいき》ではなかった。さらに言えばその服装はちょうど今朝婚約者が着ていたものと同じで、しきりにキョロキョロしているのは何かを捜《さが》しているようだ。

と言うより。

男は紛《まぎ》れもない私の婚約者、ウィリアムその人だった。

「あの男で間違《まちが》いありませんね？」

「はい」

イルヴィスも当然同じ結論にたどり着いており、簡潔にそう確認《かくにん》してきた。

「……追いかけて――いえ、つけてきたのでしょう」

いつから居たのかは分からないが、今は私たちの姿を見失ったようだ。意味もなく息を潜《ひそ》めてウィリアムの動向を見ていれば、割とすぐに諦《あきら》めて馬車に乗り込んで引き返していった。単に周りの視線に耐《た》えられなくなったのかもしれないけれど。

婚約者の馬車が完全に見えなくなった頃、私はやっと一息つくことができた。

「ずいぶんあっさりと諦めましたね？」

「そう、ですね」

――小さな違和感《いわかん》が首をもたげる。

ウィリアムは大通りを少し見回しただけだった。ここまで追いかけてきた熱意の割には、あまりにも適当な捜索《そうさく》だ。

「彼、想像以上に行動力がありますね。少し煽《あお》ればすぐに情報を落とすと思っていましたが、逆に火をつけてしまったか……？」

ウィリアムとは長い付き合いだ。あの人は確かに頭に血が上りやすいが、それをぶつけるのは相手が自分より弱いときだけである。普段、イルヴィスほどの相手には下手に出ることが多いのに。

「すぐに対策を練りますが、このまま伯爵家《はくしやく》に返すのは心配で……アマリア？」

母たちのように癇癪《かんしやく》を起こさないから優しいと勘違いしていたが、それは私がそう思い込みたかっただけかもしれない。流されやすい人だと思っていたけど、本当にそれだけなのだろうか。

(そもそも、あの男に少しでも意思があったのならこんなことになってないわ)

違和感が気持ち悪くて、今までの記憶《きおく》を何度も反芻《はんすう》する。

出会った頃から、今日までの出来事。イルヴィスが心配そうに私を見ていたのにも気づかず、ただ思い返す。

少し迷って。

「考えが、あるのですが」

私は、勝負を仕掛《しか》けてみることにした。

僕が十二歳のときに、婚約者ができた。アマリア・ローズベリーという亜麻《あま》色の髪にエメラルドのような瞳《ひとみ》が綺麗《きれい》な女性だ。

出会った頃の彼女は明るい子だった。いつも僕より前に出て恐れずに進む彼女はすごいなと思ったけど――それが少し、苦手でもあった。そんな彼女を「伯爵らしい」と父はよくほめていた。

この国では性別にかかわらず長子が爵位《しゃくい》を継《つ》ぐけど、わざわざ侯爵《こうしゃく》家の僕を選んだんだ。結婚《けっこん》すれば伯爵位は僕に譲《ゆず》られるに違《ちが》いない。ローズベリー夫妻は僕にペコペコしているし、つまりそういうことなんだろ？

一度気づいてしまうと、僕の意見に口を出してくるアマリアに心底腹が立った。

どうして僕の言うことに反対するのか分からなかった。女ならお淑《しと》やかであるべきだろう。僕の妻になるんだから、素直に大人しく僕の後ろについて来ればいい。

だから僕は少しずつ、彼女が未来の伯爵夫人らしくなるようにしてあげた。

華《はな》やかなドレスは他の男の目を引くから駄目《だめ》。強い言葉は女らしくないから駄目。外で遊ぶのは野蛮《やばん》だから駄目。僕の言うことに反対して目立とうとするのはもっと駄目。

本当は勉強も辞《や》めさせたかったけど、なぜか僕が怒《おこ》られてしまった。彼女がちゃんと伯爵を説得できなかったからに違いない。

そんな風に、長い時間をかけてやっとアマリアが淑女《しゅくじょ》らしくなった。いつも僕の言うことを素直に聞き入れて、穏《おだ》やかに僕の後ろについてくる。

そんな彼女が、大好きだった。

『つつましくて穏やか……ですか。つまり、いつもの私は従順で何でも言うことを聞くということですか？』

だけどその言い草ではまるで……まるで僕が、彼女を人形のように扱《あつか》っているじゃないか。秘密を暴かれたような気分になって、気まずくなった。でもそれもオリビアの話で解決した。アマリアは公爵《こうしゃく》に惑《まど》わされたんだ！

なら僕が焦《あせ》る必要はない。あれはすべて彼女のためにしたことなんだから、後ろめたく思う必要はないんだ。だいたい、あんなに僕に首ったけだった女が今さら本気で目移りするはずもない。僕以外の男と話したことがないから勘違《かんちが》いしたんだ。かわいそうに、公爵が本気で相手にしてくれるはずもないだろ。

……そう、広い心で許してやろうと思ったのに！

あの公爵はこれ見よがしに馬鹿《ばか》にしやがって！　人の婚約者と友達になろうなんて、どう考えても下心があるだろ！

だいたい僕がオリビアと関係を持ったのだって、たったの一回だけじゃないか。それにあんなに情熱的に迫《せま》って来られたのに、断るなんてオリビアに悪いと思ったんだ。

でも、オリビアがあんな軽い女だとは知らなかったんだ！　だから僕は何も悪くない。むしろ騙《だま》されたんだ。

「……いや、アマリアは振《ふ》り返って僕を見ていたではないか」

アマリアが僕より他の男を優先するはずがない。きっと騙されているんだ。彼女は公爵に脅《おど》されて仕方なく付き合っているに過ぎない。だから僕と目が合った。さっきはつい怒ってしまったが、あれは僕に助けを求めていたんじゃないのか？　なんだ、彼女は怒っていなかったんだ。助けてやって抱《だ》きしめてやれば、きっと彼女は泣きながら詫《わ》びるだろう。

「そうだ、そうに違いない。だってアマリアは僕が好きなんだから」

きっと今も僕の助けを待っているに違いない。でもどうやって？　相手は公爵。侯爵、ましてや三男の僕にできることはない。

「でも、手を出したのは向こう。僕のこれは正当防衛だ」

「そうなんですの！　お姉さまを公爵さまから引き離《はな》せるのはウィリアムさましかいないわ！」

「僕しかいない？」

「ウィリアムさまならきっとできるわぁ！　愛の力があれば大丈夫《だいじょうぶ》よ！」

「愛の、ちから？」

笑い飛ばしたくなるような戯言《ざれごと》だったが、今の僕にはとても素晴らしい言葉に聞こえた。

「これはウィリアムさまとお姉さまに与《あた》えられた試練ですわ！　だから、だから何をしても許されますわ！」

「何を、しても」

「ええ！　だからどうか、どうか乗り越《こ》えてくださいね」

アマリアと似た笑顔が心を揺《ゆ》らす。そうだ、悪いのは向こうなんだ。何をしても許されるのなら、僕が恐《おそ》れるものは何もない。

気づけば、僕は伯爵家から飛び出していた。

「ふふ、ウィリアムさまにお姉さまを任せておけば、わたくしは簡単に公爵様との試練を乗り越えられるわぁ！」

熱に浮《う》かされたようなオリビアのつぶやきが聞こえたような気がした。

食事を済ませた後、私とイルヴィスはすぐに屋敷《やしき》に戻《もど》ることになった。

最初、私は婚約破棄《はき》さえすれば全部解決すると思っていた。でもそれは目先の不幸から逃《に》げただけで、何の解決にもならない。

幸せになるためには、両親を納得《なっとく》させる必要がある。

イルヴィスは申し訳なさそうに自分の見立ての甘さを謝っていたが、そもそも彼はこんなことに罪悪感など抱《いだ》く必要がないのだ。

妹に婚約者を寝《ね》取られたのは私で、本当なら両親の言いなりになって隠《かく》すのではなく、すぐにでも外部に訴《うった》えて婚約破棄すべきだった。確かに私は婚約者を取られたかわいそうな女になるだろうが、少なくとも結婚を避《さ》けることができたはずだ。

それなのに諦《あきら》めて悲劇のヒロインぶっていたから、こんなにややこしくなってしまった。

私を苦しめていたのは、私自身だったのだ。

「計画を早めようと思います。言質《げんち》を取ることが目的でしたので、両親よりウィリアム様が浮気《うわき》したと口を滑《すべ》らせた方が効果があるはずです」

「それはそうですが、何の下準備もなく飛び込むのは危険です」

半ば賭《か》けに近い話なため、私の身を案じたイルヴィスはすぐに異を唱えた。

「でも、怒《いか》りで我を失っている今ほどいいタイミングはありません」

イルヴィスも分かっているので、反論の手が緩《ゆる》む。私はその隙《すき》をついて必死に説得する。

その結果、危なそうだったらすぐに諦めるという条件をもとにイルヴィスは折れてくれた。


さっきウィリアムが帰っていったのは、伯爵家《はくしやく》がある方角だった。侯爵家は伯爵家とは真逆の方向なので、家に帰らずまた伯爵家に戻ったのだ。あの状態で諦めるという選択肢《せんたくし》はなかったはず。だからあてもなく街をうろつくより、私の帰りを待った方がいいと考えたのだろう。

正直屋敷に帰ったらウィリアムに出迎《でむか》えられるなんて、考えただけでも気が重い。でも逆に、それは私が帰るまではあの人の居場所が分かっているということでもある。

今日、ウィリアムが私たちの後をつけてきたのは衝動《しょうどう》的な行動である。だが一度実行してしまえば、次はもっと簡単に行動を起こすだろう。そうなっては、私が後手に回ってしまう。

だから先手が取れる今のうちに、こちらから仕掛《しか》けることにしたのだ。

「伯爵家が見えてきましたね」

「なんだか不思議ですね。朝はあんなに早く街に着きましたのに、帰りはとても長く感じます」

自分の家がおとぎ話に出てくる魔王城《まおう》のように見える。もっとも、私にとって実家とは暗くて苦しいところなのだからあながち間違《まちが》いでもないか。

「本気、なんですね？」

「はい」

「貴女《あなた》もこれが危険な賭けだと分かっているはずです」

「そうですね、一歩間違えてしまえば取り返しのつかない大惨事《さんじ》です」

引き返すなら今だと言外に言われている。だから私も覚悟《かくご》を決めて、わずかに震《ふる》える手を握《にぎ》りしめて強く頷《うなず》き返した。

「私がタイミングを誤れば、貴女は二度とあそこから抜《ぬ》け出すことができなくなってしまうかもしれませんよ」

「それが全力で戦った結果なら、受け入れます」

「この後、もっと安全なチャンスがやってくるかもしれませんよ。私が信じられないから、そんなに急いでいるのですか？　でしたら」

「それは違《ちが》います」

イルヴィスの言葉を食い気味に否定する。そこそこ大きい声が出てしまったようで、イルヴィスの透《す》き通るアイスブルーの瞳《ひとみ》が丸くなった。

「イルヴィス様を信じていなければ、とてもこんな他人頼《たよ》りの作戦を実行できません。たった三日の付き合いですが、イルヴィス様のことを誰《だれ》より信じているから頼れるのです」

「……みっかのつきあい」

イルヴィスが変なところで引っかかっていたが、構わず続ける。

「私の都合に付き合わせて本当に申し訳ないと思います。でも、私の手であの人に復讐をしたいのです」

誠意を込めて、頭を下げる。馬車の中では立てないので、膝《ひざ》におでこをくっつけるつもりで。

「あ、アマリア!? 頭を上げてください! そんなつもりで言ったわけじゃないんです。私はただ、少しでも貴女を危険な目に遭《あ》わせたくないのです。そこまで覚悟を決めているのでしたら、これ以上は何も言いません」

「――ありがとうございます。ご迷惑《めいわく》をおかけします」

「迷惑だなんてとんでもない。貴女に頼って頂けることは何よりの喜びです」

イルヴィスが眦《まなじり》を緩めて微笑《ほほえ》んだ。ひとまず納得してくれたようだ。

そんなやり取りをしていれば、あっという間に帰ってきてしまった。大門をくぐると、予想通り侯爵《こうしゃく》家の家紋《かもん》付き馬車が遠くの方に止まっていた。

……今さらながら緊張《きんちょう》してきて、大きく深呼吸をする。ここからイルヴィスとは一旦《いったん》別行動だ。自分で戦うと言っておきながら、結局最後はイルヴィスに頼らざるを得ないのが心苦しい。頼れる身内がいないのもなんとも情けない話だけれど。

改めて気持ちを引き締《し》めて、私は馬車から降りる。エスコートをしてくれたイルヴィスに見送られながら、玄関《げんかん》ホールの門をくぐる。

出迎えてくれたエマとミラはこわばった表情をしていた。

二人は声のトーンを抑《おさ》え、警戒《けいかい》しているように話し出す。

「先ほど、帰ったと思われたウィリアム様がまたおいでになりました。とても険しいお顔をしていたのですが、なにかありましたか……？」

「あの男は今どこに？」

「ウィリアム様は本人の強い要望で、二階の隅《すみ》にある客間に通しました」

ウィリアムをそんな狭《せま》くて人通りの少ない部屋に泊《と》めたことはない。彼は二階の構造を知るどころか、立ち入ったこともないはずだ。両親がそんなことをわざわざ教えるとは思えないので、おそらく犯人は妹だろう。

知るはずもない部屋のことを口にしていると気がつかないほど、ウィリアムは何度も入ったことがあったのだろう。もしかしたら浮気現場だったのかもしれない。

「オリビアとお母様たちは？」

「オリビア様は自室です。ずっと恐《おそ》ろしいほど上機嫌《じょうきげん》です。奥様と旦那《だんな》様は書斎《しょさい》にいらっしゃいます」

運がいいことに、両親は珍《めずら》しく両方屋敷にいた。しかも二人とも同じ場所にいるから、簡単にまとめて呼び出せる。

「私が客間に入ったら、二人に頼《たの》みたいことがあるの」

「ですが、それではお嬢様《じょうさま》をウィリアム様と二人きりにしてしまいます」

「私の考えが当たっていれば、どうせ人払《ひとばら》いをされるわ」

ミラの眉間《みけん》にしわが寄る。彼女は勘《かん》が鋭《するど》いので、何か察したのだろう。

「もちろん杞憂《きゆう》ならいつも通りにして。でもウィリアム様が人払いをしたら、ミラにはすぐにオリビアの部屋に行って欲しいの」

「オリビア様の部屋に？」

「ええ。それで、私がウィリアム様に呼ばれたから代わりにイルヴィス様のお相手をお願いします、とでも誤魔化《ごまか》して私のところに連れてきて」

「分かりました」

「それが終わったら、すぐにお父様とお母様のところに行って。こっちにもイルヴィス様をもてなしてと言って大丈夫《だいじょうぶ》。とにかく急いで、二人を私のところまで連れてきて」

ミラはそういう機転が利《き》くので、何か聞かれても怪《あや》しまれずに誤魔化せるだろう。彼女の表情はあまり変わらないので、ボロが出にくいのだ。

そんな今もきりりと立っているミラとは対照的に、エマは落ち着きなくかなり緊張した面持《おもも》ちだ。今のやり取りを見て、ただ事じゃないと理解したのだろう。

不安そうにしていて少し申し訳ないと思うが、エマにも用件を頼む。

「エマにはイルヴィス様の案内をお願いするわ。両親のあとで到着《とうちゃく》するように私のところに連れてきて」

「……えっ、それだけですか？」

「まさか。私のところまで来たら、そのままイルヴィス様と待機しておいて欲しいのだけど……もし、もしよ？　ウィリアム様が私に変なことをしそうになったら大声で叫《さけ》んで欲しいの」

保険である。部屋の前を通った使用人が偶然《ぐうぜん》見つけたことにすれば自然だし、イルヴィスも悲鳴を聞いたという理由で駆《か》け付けたという手段が使える。

とにかくエマ次第《しだい》で私の無事が決まるということだ。それを理解したエマは少し顔色を悪くしたが、すぐに自分の頬《ほお》を叩《たた》いて覚悟を決めた。その目はやる気に燃えている。

「任せてください！　執事《しつじ》長のセバスさんにどこにいても聞こえるとほめられた私の美声がうなりますよ！」

「それ、ただ声が大きいって言われているだけじゃない？」

「いいえ、年老いた私でもよく聞こえて大変素晴らしいって言っていたんですよ！」

「その素晴らしいはたぶん、声質じゃなくて声量のことでは」

真顔のミラに指摘《してき》され、エマは小声で騒《さわ》ぐという器用なことをした。確かになかなかのコントロールだが、そのやり取りが無性《むしょう》におかしくてつい笑ってしまう。

「あ、やっと笑ってくれましたね！」

「え？」

「お嬢様のお顔がずっとこわばっていましたので、エマなりの気遣《きづか》いですよ。任されましたことは必ずやり遂《と》げますので、安心して戦ってきてください」

「公爵《こうしゃく》様もいますし、失敗するはずがありませんよ！」

二人の気遣いが嬉《うれ》しくて、さっきまでの緊張も少し落ち着いてきた。手の震えも、いつの間にか止まっている。

「そう、ね。……うん、二人ともありがとう」

「私はお嬢様の専属メイドですからね！　これくらい当然です！」

「……なぜ専属メイドは一人だけなんでしょうか。それが私の五番目の不満です」

胸を張るエマをミラがジト目で見る。ミラの方が働いている年数が長いが、しっかりした彼女は両親に嫌《きら》われている。そのせいでいまだに普通《ふつう》のメイドのままだ。

「中途半端《ちゅうとはんぱ》なところにありますね……？」

「一番目から四番目はすべて旦那様方に対するもので埋《う》まっておりますので」

気持ちはわかるけど、それは胸を張って言うことじゃないと思うな……。

「冗談《じょうだん》はこれくらいにして。あんまりウィリアム様を待たせるわけにはいかないわ」

「冗談ではないのですが」

「私はここで待機ですね！」

相変わらず気は重いが、それでも気持ちはさっきと比べられないほど軽くなった。あんまり長い時間待たせていると、あとでイルヴィスに心配されそうだ。

「行くわよ、ミラ」

「はい」

またもや顔をこわばらせたエマの心配そうな視線を背に受けて、私とミラはウィリアムが待っている客室に向かった。


「アマリア様をお連れしました」

「入ってくれ」

じっとこちらを見るミラに頷《うなず》きを返せば、ゆっくりと扉《とびら》が開かれた。

室内に入ると、俯《うつむ》いたままベッドに腰《こし》をかけたウィリアムの姿が目に入る。

「君、アマリアと二人きりにしてくれないか」

形だけ疑問文であるそれは、ただの命令だ。

顔も上げずにそう告げたウィリアムに、ミラは見られないのをいいことに盛大に顔をしかめた。しかし、事前に私からこの可能性を聞いていたからか、揉《も》めることなくその要求を受け入れた。

「はい。何かありましたらお申しつけください」

扉が閉まる直前、ミラと目が合う。一瞬《いっしゅん》だけ見えた彼女の微笑《ほほえ》みはとても頼もしく思えた。

それに励《はげ》まされるように、私はウィリアムに声をかける。

「いかがされました？」

「君と、話をしようと思って」

今さら何を、という言葉をのみ込む。

まだ煽《あお》って興奮させるべきではない。この短時間で何があったか知らないが、ウィリアムには手負いの獣《けもの》のような険しさがあった。

「その、オリビアはとても君に似ているだろう？　そんな彼女があまりにも熱心に気持ちを伝えてくるから……断れなかったんだ」

ウィリアムはそう言いながら、ちらちらと私の様子を窺《うかが》っている。事が発覚したときもまったく同じセリフを言っていたが、そんな言い訳が通じると本気で思っているのだろうか。

「でも、彼女はぜんぜん君と違《ちが》ったんだ。自分本位だし、何より話を聞かない。僕が話しかけても意味がわからないことばかりで、会話すらまともにできないんだよ！　アマリアもたまに僕の言うことを否定するけど、それは僕の気を引こうとしたんだろう？　結果的に君が言ったことで僕が損をしたことはないけど、アレは駄目《だめ》だね」

やれやれと首を振《ふ》るその姿は見るに堪《た》えなくて、そっと目線を逸《そ》らした。熱心に語っている本人が気付く様子はない。

ウィリアムの声が雑音のように聞こえて、内容が頭に入ってこない。妹を自分本位で会話ができないというが、それがすべて自分にも当てはまっていることを棚《たな》に上げないでほしい。

（そもそも気づいてもいないのでしょうね……）

ウィリアムは話がしたいと言っていたはずだが、私はまだ一言も発していない状況《じょうきょう》に疑問を抱《いだ》いている様子はない。必死に他人に責任を押し付け、反省をしない彼から何かを感じることはもうなかった。

「むしろ僕だって被害者《ひがいしゃ》だと思わないか？　ねえ、アマリア、もう分かってくれただろ？

僕はずっと君が好きなんだ！」

「……それで？」

短くそう返した私に、ウィリアムは勢いをそがれたようにうろたえた。きっと予想していた反応じゃなかったのだろう。いつもならこのあとは失礼だと両親に告げ口をされるだろうが、もうそんなことを心配する必要はなくなった。

遠くで聞こえた扉の音に、ミラが上手《うま》く妹を誘《さそ》い出したのだと分かる。

「あ、ああ！　なるほど、またそうやって僕の気を引くつもりなんだね！　はは、君はずっと僕のことが好きだったもんな。分かってるよ、公爵様と出かけたのだって、本当は僕を妬《や》かせるためなんだろ？」

「違いますが」

「は？　な、何を言っているんだ？　そ、そんなわけないだろ！　ないよな？　もう君を困らせたりしないから、そんな嘘《うそ》を吐《つ》かなくていいんだよ？」

本気で私が喜ぶとでも思っていたのだろう。もしくは泣きながら自分を許すと想像していたに違いない。だから真顔のまま何の反応もしない私に、ウィリアムは信じられないものを見たかのように目を丸くした。

「な、なんだその顔は!?　まさか、本当に怒《おこ》っていたのか？　ア、アマリアは許してくれるよな？　君は、僕のこと好きだもんな？　僕がこんなに謝ってるんだから、許さないわけがないよな……？」

「つまりウィリアム様は『婚約者《こんやく》がいるにもかかわらず、その実の妹と浮気《うわき》しました。でも、思っていたのと違ったから自分は騙《だま》されただけ、むしろ被害者だ』とおっしゃるのです？」

否定はなかった。というより、どうして自分が責められているのかが理解できていないようだ。……今まで散々甘やかされてきたのだろう。

「いい加減現実を見てください。今まで散々自分の都合を押し付けてきて、そんな馬鹿《ばか》のような言い訳で挙句に君が好きだ、ですか？　そう言われて『私も好き』とか『嬉しい』って返す女性が存在すると思いますか？　まあ、思っていらっしゃるからここにいるのでしょうけど」

今までの想《おも》いが一気にあふれて、言葉が次々と出てくる。

「先ほどウィリアム様は謝ったとおっしゃいましたが、そんなものは謝罪とは言いません。本当に申し訳ないと思うのでしたら、それなりの態度を示すべきかと思います。今さら意味のないことだったとしても、です」

「……僕は、認めない。認めないぞ！」

ぎり、とここからでも聞こえるほど強く歯《は》ぎしりしたウィリアムは、まるで幽鬼《ゆうき》のようにふらりと立ち上がる。そのまま私に手を伸《の》ばそうとしたところで、部屋の扉が勢いよく開けられた。

それに先に反応を示したのは、ウィリアムだ。

私に手を伸ばしている姿勢のまま一歩も動かず、警戒心《けいかいしん》をあらわに扉の方をじっとにらんでいる。せめて腕《うで》くらいおろした方がいいと思うけど。

「うふふ、嬉《うれ》しいわ！　やっぱりわたくしに会いに来てくださったのですね！」

空気をぶち破るように姿を現したのは、この上ないくらいにご機嫌《きげん》な妹だった。その後にミラの姿がちらりと見えたが、彼女は私の無事を確認《かくにん》するとすぐに駆《か》け出した。

私の言いつけ通り、書斎《しょさい》に向かってくれたのだろう。

「悪いけど、君に用はないよ」

「あら、ウィリアム様……？」

「今は取り込み中なんだ。邪魔《じゃま》だから出て行ってくれないかな」

簡単に警戒《けいかい》を解いたウィリアムは妹のつぶやきが聞こえていないようで、完全に自分に会いに来たと思い込んでいる。

妹がいきなり現れたのにまったく違和感《いわかん》を抱いていない。その様子だと、ここで仲良くしていたという私の予想は外れていないようだ。

一刻も早くこの部屋から出ていきたくなるのをぐっと我慢《がまん》して、二人が勘違《かんちが》いしているところにつけこんで話題を変えた。

「ウィリアム様、このお話はオリビアもしっかり聞いておくべきです。確かに気まずいのかもしれませんが、何も追い出さなくてもよいではありませんか」

「い、いや……まずは僕たちで話し合った方が」

「まあ！　わたくしにお話しできないことがあるんですの？」

ウィリアムは当然断ろうとする。しかし、先に妹に遮《さえぎ》られてしまった。

妹は何の話かすら分かっていないはずで、そもそもイルヴィスに会えると信じてここに来ている。それでも自分が除《の》け者にされるのが気にいらない妹は、あっさり目の前の話題に食いついた。

もう当初の目的なんて頭から抜《ぬ》け落ちているだろう。

「ほら、オリビアもこう言っていますし」

「で、でも！」

「オリビアも当事者なのに、なぜそんなにも嫌《いや》がるのです？　……もしかして、他にも後ろめたいことでも？」

「っ……嫌だな。そんなこと、あるわけないだろう」

含《ふく》みを持って問いかければ、ウィリアムは分かりやすく顔色を悪くした。

きっと私を襲《おそ》いでもして既成《きせい》事実を作るつもりだったのだろう。そうすれば私は結婚《けっこん》するしかないのだから。私の両親にとっては大いに効果があるのだし。

ひとまず一番危惧《きぐ》していた要素が少し小さくなった。もちろんまだ気は抜けないが。

「お姉さまにはお話しできるのに、どうしてわたくしに教えてくださらないのかしら！」

「ウィリアム様は貴女《あなた》に気を遣《つか》ったのよ」

「ああ、きっとお姉さまにとって悪い話なのね？　隠《かく》しても無駄《むだ》ですわ！　わたくしには分かるわよ！」

妹が程《ほど》よく自分の世界に浸《ひた》り出したのを確認し、その考えに合わせて表情を作る。

「やっぱり、やっぱり！　隠し事なんてよくないわ！　それがどんなにお姉さまにとって悪いことでも、わたくしはちゃんと聞いてあげますわ！」

「……実は、ウィリアム様が私との婚約を破棄《はき》して、貴女と結婚したいとおっしゃったの」

「まあまあ！　そうなのね！　でも、それは仕方ないことだから、お姉さまが落ち込む必要はありませんわ。わたくしが魅力《みりょく》的すぎるのが悪いの」

嬉しそうに頬《ほお》を赤らめ、でもしっかりとその目は私を見下していた。

私の言葉を少しも疑うことなく、妹はあっさりと信じる。まるでそれが当然とでもいうかのように。

「はあ!?　僕はそんなこと一言もッ」

「無理しなくても結構ですのよ。私が素直にウィリアム様の話を聞かないところが嫌《きら》いなんでしょう？」

「ち、ちが！　そういう意味じゃない！」

否定するウィリアムの声にかぶせるように、大きな声で話す。彼いわく私は強引で話を聞かない女らしいので、廊下《ろうか》まで聞こえるようにしないと。

「ふふ、オリビアの言う通り、一夜を共にしたオリビアのことが忘れられないんですって！」

「オリビア、今でも思い出せますわ！　わたくしはあの日、この部屋でウィリアム様と熱い夜を共にしたもの！　忘れられないのも仕方ないわぁ」

「オリビア、君は少し黙《だま》ってくれないかッ……！」

私につられて、妹の声も大きくなる。その甲高《かんだか》い声で告げられた内容に思わず顔をしかめてしまう。間違《まちが》ってもそんな声を大にして言っていいことじゃないし、誇《ほこ》らしそうにすべきでもない。

「まあ、そういうことだから、継承《けいしょう》権をオリビアに譲《ゆず》ろうと思うの」

「え、何を言っているんだ？　継承権は僕のものだろう……？」

「きゃぁ、なんて素敵《すてき》なの！　お父さまとお母さまの説得は任せてくださいまし。きっと、わたくしが伯爵《はくしゃく》になって家をもっと素敵にしてみせるわ！」

困惑《こんわく》したようなウィリアムを気にも留めず、妹は大げさなくらい喜んで見せた。

妹の脳内ではさぞ素晴らしいお花畑な未来予想図が展開されているのだろう。うっとりと焦点《しょうてん》が定まっていない妹の心は、完全に自分の世界に旅立っていたようだ。

「説得はたぶん必要ないと思うわ」

「やっぱり？　どう考えてもわたくしの方がふさわしいものね！」

幸せに浸っている妹に、にっこりと笑ってみせる。

――ねえ。外の慌《あわ》ただしさに、まだ気づかない？

この部屋の扉《とびら》は妹によって全開にされたままである。

ミラはわざわざ閉めていかなかったし、妹には扉を閉める習慣がない。ウィリアムも扉を気にするほどの余裕《よゆう》はないし、当然私が指摘《してき》するはずもない。

こんな状態で大きな声で話せば……吹《ふ》き抜けになっている屋敷《やしき》のエントランスに居たって聞こえていただろう。

その証拠《しょうこ》に、複数の足音がまっすぐにこんな端《はじ》っこにある客間に向かってきている。

「オリビアッ！　貴女よくもッ！」

「なんてことを大声で……！　間もなく公爵様もいらっしゃるんだぞ！　恥《はじ》を知れ!!」

最初に見えたのは、怒《いか》りで言葉がつまる母。その後すぐに顔を真っ赤にした父が入ってきて、妹に怒鳴《どな》った。それにウィリアムはびくりと肩《かた》を跳《は》ねさせ、きょろきょろと視線を彷徨《さまよ》わせた。

やがて事態を理解したのか、かわいそうなほど震《ふる》えたウィリアムの顔色は青を通り越《こ》して真っ白になっていた。

それに対して妹は、やっぱり何が起こっているのか理解していないようだ。満面の笑みで、自分の中に出来上がった物語をまるで現実のように話し出した。

「お父さま、お母さま！　ちょうどいいところに！　あのねあのね、ウィリアムさまがどおしてもわたくしと結婚したいとおっしゃってくださったの！」

「ぼ、僕はそんなこと一言も言っていない！」

「口を慎《つつし》みなさい。言っていいことと悪いことがあります！」

「わたくしとの夜が忘れられなくて、お姉さまとは婚約破棄《はき》したいんですって！　お姉さまも継承権を譲ってくださるそうよ！」

「ち、違《ちが》うんだ！」

「黙れと言っているんだ!!」

「きゃっ！」

「ひっ」

父に真正面から怒鳴られ、妹もウィリアムもひるんだ。

(なにもそこまで言っていないわよ、私)

都合が良かったので私はそのまま沈黙《ちんもく》を貫《つらぬ》くが、ウィリアムはすっかりパニックになっていた。

「ど、どうしてお怒りになるの？　わたくしなら伯爵家をもっとよくできますのに！　お姉さまなんかよりずっと、ずうっとですわ！」

両親はいつもウィリアムの機嫌を取ったので、妹は彼が言ったことにすれば許されると思ったのだろう。それがさらに自分の立場を悪くしていることに気づきもしない。

「はあ……今までお前を自由にしすぎたようだな。いったいどう躾《しつ》けたらこうなるんだ！」

「あら。ろくに関わってこなかったくせに、わたくしのせいにするのね」

「ふん、誰《だれ》もお前とは言っておらんだろう。なんだ、やましいことでもあるのか？」

「なんですって⁉」

この場が伯爵家の人間だけなら、妹がここまで怒《おこ》られることはなかった。もちろんそんな話は即却下《そくきやつか》されるだろうが、軽い注意で済むはずだ。

両親がここまで緊迫《きんぱく》しているのは、ひとえにイルヴィスがこの屋敷にいるからである。地位と金銭で黙らせることができない第三者で、この家の恥《は》ずかしい内情を貴族社会に晒《さら》せる者。さぞ困っているはずだ。

「ずいぶんと騒《さわ》がしかったので様子を見に来たのですが……お取り込み中のようですね？」

もし隠蔽《いんぺい》したければ、絶対にイルヴィスにこんな修羅場《しゆらば》を見られてはいけないのだ。

だから。

「こ、公爵様⁉　どうしてこちらに⁉」

母が悲鳴のような声をあげた。それにイルヴィスは何でもないような笑みを浮かべる。

「こちらから言い争う声が聞こえてきたもので、少し心配になって。私なら仲裁に入れるかと思ったのですが……」

こちらに投げられた視線に、両親はぐっと黙り込む。自覚はあったのだろう、二人はあいまいな笑みで誤魔化《ごまか》した。

「あ！　公爵さ」

「オリビア」

「ご、ごめんなさい……」

イルヴィスに声をかけようとした妹を、父は思いっきりにらむ。母はそんな妹の注意をイルヴィスから逸《そ》らそうと背中に隠《かく》した。

まあ、妹はちらちらと顔を出してイルヴィスを見ているので、あんまり意味はなさそうだが。

「はは、友人であるアマリアが最近落ち込んでいたようなので、何かあったのかと思ったのですが。なるほど、そんなことがあったとは」

「ま、まあ！　いったいなんのことでございましょう」

「はは、公爵様のおかげでアマリアもすっかり元気になっていますよ」

まだイルヴィスが全部聞いていないと思っているのか、両親は一生懸命《けんめい》話を逸らそうとしている。イルヴィスはニコニコとそれを聞いているかと思えば、突然《とつぜん》表情を消した。

「冗談《じょうだん》は終わりましたか？」

「じょ、冗談なんてとても……その、どうかされました？」

「オリビア嬢《じょう》の声は大変良く伸《の》びる。おかげでよく聞こえましたよ……アマリアの友人として悩《なや》んでいた私は、その真偽《しんぎ》が気になりますね」

イルヴィスの声が、聞いたこともないほど低く冷たくなっていた。

機嫌《きげん》を窺《うかが》うような愛想笑いを浮かべていた両親が一瞬《いっしゅん》で引きつる。それを合図に、私は一歩前に進み出た。

両親は私が誤魔化してくれるとでも思ったのか、私の顔を見て満足そうにうなずく。この期《ご》に及《およ》んで、まだそんな態度を取れることに落胆《らくたん》する。

そんな危機管理能力でよく今までやって来られたものだ。私には貴方《あなた》たちを恨《うら》むことはあれど、守る理由などないというのに。

「私も話を聞いたときは本当に驚《おどろ》きました。ウィリアム様は確かにつれないお方でしたけど、優しい人だと思っていたんです。それなのに……！」

「アマリア!? 貴女《あなた》までなんて馬鹿《ばか》なことを！ 今からでも遅《おそ》くありません。嘘《うそ》をついたことを公爵様に詫《わ》びなさい！」

「伯爵家の未来がどうなってもいいのか!? そんなデタラメが外に漏《も》れたら、お前だって恥をかくぞ！」

　父の言う通りだ。

　妹に婚約者《こんやく》を寝取《ね》られた令嬢《れいじょう》なんて、いい笑いものだろう。そんな状態で伯爵家を継《つ》いだとしても、他家からいい対応をされるとは思えない。ならばこのまま『無かった』ことにした方がいい。

　だから、父は私が本当のことを言うはずがないと高をくっていたのだ。

「嘘、ですか。確かに私の誤解かもしれませんね」

　でも、私はもうそれだけの理由で納得《なっとく》できません。もう私だけが我慢《がまん》することに疲《つか》れました。

「は、はは！　そうだ、そうに違いない。ほら、早く公爵様に謝罪するんだ」

「ですが、お父様たちも何か誤解をしているかもしれません。せっかくみなさんおそろいですし、この機会に話し合いをしませんか？　ウィリアム様も、話し合いを望んでおられましたよね？」

　突然名前を呼ばれたウィリアムはビクリと肩を震わせ、恐《おそ》る恐るこちらを見た。妹にはそもそも悪いことをしたという自覚がないので、一人だけ晴れやかな表情で立っている。

「アマリア、自分が何を言っているのか分かっているのか？」

「はい。イルヴィス様もいらっしゃることですし、公正な判断を下していただけるかと思いますよ」

「このッ！」

「伯爵《はくしゃく》、私は構いませんよ。お気遣《きづか》いなく」

イルヴィスがにこやかに口を挟《はさ》んだことで、父は無理やり言葉をのみ込んだ。

「さあオリビア、まずは貴女の話を聞かせてちょうだい。イルヴィス様が証明してくださるわ」

「何も隠す必要はありません。包み隠さず教えてくだされば、きっと貴女の望みが叶《かな》います」

まるで怪《あや》しい占《うらな》い師のようなセリフだ。だが、イルヴィスの顔に魅入《みい》られた妹は洗脳されたかのように話し始めた。もっとも、その話は妹による過大解釈《かいしゃく》と妄言《もうげん》がほとんどを占《し》めているため、嘘の特盛作り話セットになってしまっているが。

一生懸命今の私にとって都合のいい話をする妹に、とりあえず今回の目的は達成できそうだと安心した。

私がとっさに考え付いたこの計画は、婚約破棄に重きを置いている。もちろん侯爵家三男という立場は手を出しにくく、予想外の行動に出られる前に何とかしたいというのもある。だけどそれよりも、ウィリアムがあまりにも流されやすいことが心配だ。

どうせ私たちのあとをつけたのも自分のことしか考えていない妹に感化されて暴走して

いるだけだと思うが、後回しにするには面倒《めんどう》な相手だ。かといって、妹とまとめてなんとかできるほどの余裕《よゆう》はない。

だからひとまず自由になるために、ウィリアムを遠ざけることにした。イルヴィスとメイドたちにこんなに迷惑《めいわく》をかけておいて、失敗しましたなんて許されない。

「つまり、オリビア嬢はいつの間にか彼に思いを寄せるようになり、彼も貴女の方がいいからと関係を持ったと。そして今日、彼に結婚して欲しいと言われたのですね」

「はい！　だからだから、わたくし思ったのよ！　ウィリアムさまに捨てられるようなお姉さまに、家を継ぐなんて荷が重いんじゃないかしらって」

「なるほど。では、ウスターはアマリアに婚約破棄《はき》を告げるために、こんな部屋に呼び出したんですね？　わざわざメイドを下がらせて、二人きりになって」

メイドたちが心配そうにしていたんですよとこともなげに言うイルヴィスに、ウィリアムの顔色は土のようになっていた。

「で、でもアマリアは僕の婚約者だ！　問題はないはずだ！」

「私の妹に手を出しておいて、まだそんなことが言えるんですね。それに様子も変でしたし、とても『話しあい』をする雰囲気ではありませんでしたよ」

それを聞いたイルヴィスはあからさまではないものの、ちらりと私に視線をなげる。何もなかったと分かった瞬間《しゅんかん》、安心したようにため息をついた。

だが、イルヴィスがまとう空気は一層重くなった。言葉を交《か》わさなくても、彼がかなり怒っているのが分かる。もはや視線で人を殺せるのでは？　と思うほどだ。

そのあまりの気迫《きはく》に、父ですら少し腰《こし》が引けていた。

「同意を得ていないのでしたら、たとえ婚約者同士であってもそれは許されません。……人として最低で、貴族の風上にも置けない行為《こうい》だ」

「もちろん同意などしていません。私が断ると思ったのか、脅《おど》そうとしたのかもしれませんね」

「違《ちが》う……違うんだ。僕はただ、アマリアと二人だけで話をしようと」

「だから何だというのですか。明らかに度が過ぎています。ウスター侯爵《こうしゃく》が聞いたらさぞお嘆《なげ》きになるでしょう。――両家の関係のために除籍《じょせき》されるかもしれませんね」

イルヴィスにはっきりと現実を突《つ》きつけられたウィリアムは、私に縋《すが》るような視線を送ってきた。そのあまりにも情けない姿に、少しも憐《あわ》れみの気持ちが湧《わ》かなかった。

「じょ、冗談だよな……？　僕が悪いのは分かっている、もう分かったから！　だから許してくれ！　僕のことが、好きなんだろ!?」

「ねえ、アマリア？　ウィリアムもこんなに反省しているのだし、許してあげたら？」

ただ何度も『僕のことが好きなんだろう？』と繰《く》り返すウィリアムに、母が控《ひか》えめに援《えん》護《ご》する。その言葉がいつになく弱々しいから、一応自分たちが不利だと分かっているようだ。

「ウィリアムさま。私は、そんな都合のいい女ではありません」

「ア、アマリア……？」

ウィリアムからはもう、あの恐ろしい気迫はない。

初めて私に真正面から拒絶《きょぜつ》の言葉を突きつけられ、理解できないといった様子だった。

「確かに、私は貴方のことが好きでした。でもその恋心《こいごころ》を、貴方は何でもないように扱《あつか》って、踏《ふ》みつけて、引き裂《さ》いて捨てたんです」

「ごめん、違う。本当に違うんだ！」

「何が違うんですか？　貴方は間違えたんです。はっきり言いますね。私がウィリアム様を好きになることは、今後、二度とありません」

私の言葉に絶望的な表情をしたウィリアムの口から、は、とか、うあとか言葉にならない声がしきりに漏れていた。

そして突然《とつぜん》ハッとしたかと思えば、勝ち誇《ほこ》ったように笑い出した。

「そ、そうだ！　爵位が惜《お》しくなったから僕を陥《おとしい》れたかったんだろ⁉　だからそんな簡単に僕を振《ふ》ったんだ！　伯爵になりたかったんだろ？」

「先ほども思いましたが。もしかして、ウィリアム様は何か誤解していませんか？」

「……誤解？」

「この家の第一継承《けいしょう》権は私にあります。もし私が居なくなってもオリビアがいますので、入婿《いりむこ》ではない貴方の手に渡《わた》ることはまずありませんよ。ウスター侯爵様から何もお聞きになっていないのですか？」

妹でも知っていた話なのだが、どういうわけかウィリアムは本気で自分が伯爵家を継ぐと思っていたらしい。目を大きく見開き信じられないといった様子で、本気でショックを受けているようだ。

「そ、それじゃあ、婚約《こんやく》がなくなったら、僕は」

「除籍なんてされなくても、今の暮らしは無理ですね」

その言葉を聞いて腰が抜《ぬ》けたらしいウィリアムは、ずるりと地面に座り込んだ。それっきり嘘《うそ》だ嘘だとうわ言のようにつぶやきはじめる。

一般《いっぱん》的に、貴族の三男ともなれば家を継《つ》ぐ可能性は薄《うす》くなるので、幼い頃から軍か教会に入る。しかし伯爵になると思い込んでいたウィリアムは、そんな仕事を探す素振《そぶ》りがまったくなかった。貯金も特技も人脈もない目の前の男が『伯爵令嬢《れいじょう》の婚約者』でなくなったとき、その未来は容易に想像できる。

ため息を一つついて、改めて部屋の惨状《さんじょう》を見回した。

燃え尽《つ》きた灰のようにうなだれるウィリアム。

状況《じょうきょう》を把握《はあく》できずオロオロしているだけの妹。

世界の終わりのように顔を覆《おお》っている母。

怒鳴《どな》りつけたくて仕方がないのに、イルヴィスに圧倒《あっとう》されているせいで鋭《するど》い視線をよこすしかできない父。

これを見て少し気分が良くなった私は、きっと性格が悪いのだ。

(これで婚約破棄に近づいた、けれど。……もうイルヴィス様と会うことはないと考えると、少し寂《さび》しい気もするな)

出会ってから三日しか経《た》っていないことが信じられない。気づけば、また小さなため息が口からこぼれた。

「ところで伯爵夫妻。お二人の考えを伺《うかが》っても？」

気が抜けてぼうっとしていると、イルヴィスが小声で何やら言い合っている両親の前に進み出た。柔《やわ》らかな声ではあったが、求める答えは一つだけだとイルヴィスの目がそう言っている。俯《うつむ》いたままの母に代わり、父が重々しく口を開いた。

「そう、ですね。このまま婚約を破棄《はき》してやりたいのは山々なんだが……いかんせん、この時期ではアマリアの結婚が遅《おそ》くなってしまわないかと」

とりあえずイルヴィスを納得させればいいと思っているのだろう。父はこの場をやり過ごそうとして、しかし今日イチの笑みを浮《う》かべたイルヴィスに阻止《そし》された。

「ああ、そういうことでしたら心配は不要です」

計画にないやり取りだ。どうするつもりだとイルヴィスを見上げれば、自信にあふれた笑みが返ってきた。

「今までアマリアには婚約者がいたので友人という立場に甘んじていましたが、もう隠《かく》しておく必要が無くなりましたからね。私の方が絶対にアマリアを幸せにできますよ」

とんでもない爆弾《ばくだん》が落とされた。父は信じられないものを見たような顔をする。

「こ、公爵様《こうしゃく》。アマリアを励《はげ》ますおつもりでも、そういう冗談《じょうだん》は少々……」

「からかっているわけではありませんよ。私は本気です」

微笑《ほほえ》みを消したイルヴィスはひどく真剣《しんけん》だった。予定にないやり取りで頭が真っ白になる。

(えっ、好きな人がいるって言ってませんでした!?)

あんぐりと口を開けた私と両親を横目に、イルヴィスは軽く一礼してゆっくりと振り返った。たったそれだけの動作なのに、彼がするととても洗練された所作に見える。

「私は、ずっとアマリアと一緒《いっしょ》にいたいです。隣《となり》にいてほしいと思うのは、貴女《あなた》だけです」

「えっ」

突然のことに戸惑《とまど》う私を見て、イルヴィスは口角を上げて薄く笑った。獲物《えもの》を捕《と》らえたように細められた目は、あの夜一瞬《いっしゅん》見えた熱を持った眼差《まなざ》しと同じだ。

どうしていいか分からなくて目を彷徨《さまよ》わせる私に、一歩踏み込んで近づいてきた。そして、ふっと笑ったかと思えば、イルヴィスが少し屈《かが》んで顔を近づけてくる。思わず目をつむれば、耳元に気配を感じた。

「貴女をここから連れ出してみせます」

はっと目を開ければ、イルヴィスは何食わぬ顔で両親に向き直っていた。わずか数秒の出来事が、まるで何時間ものように感じる。

私の姿はイルヴィスに完全に隠れていたから、両親たちがこのやり取りに気付いた様子はない。見えていたら妹が黙《だま》っていないだろうし。

だから私もイルヴィスを見習って、燃えるように熱い耳から必死に意識を逸《そ》らして怪しまれないように表情を作った。

「そんなに迷う必要はありますか？　どう考えたって私の方がいい婚約者になると思いますし、お二人にとっても悪い話ではないと思いますが」

は、と短く息を切ってもらしたのは誰《だれ》だろうか。今まで俯いていた母が、期待するようにイルヴィスを見た。

「公爵様は、わたくしたちをからかっているわけじゃなくって……？」

「はい。私をアマリアの婚約者に選んでいただけると嬉《うれ》しいのですが」

言葉だけは低姿勢だが、緩《ゆる》く弧《こ》を描《えが》く唇《くちびる》がイルヴィスの自信を証明していた。実際、母はすでに乗り気だ。

「まあ！」

「なっ」

予想外の連続に耐えきれず、勢いよくイルヴィスを見上げる。

「はい!? ちょ、いったいどういうつも、きゃっ」

小声でそう尋ねた私の腰《こし》に腕《うで》が回され、そのまま抱《だ》き寄せられる。そしてカチ、とフリーズした私を見て、イルヴィスは「私たちはこんなにも仲がいいんですよ」と笑った。

まさかと思うけど、驚《おどろ》きの『はい』を承諾《しょうだく》の『はい』だと受け取っていないよね？

「そ、そんな!?」

当然妹は声を上げるが、父ににらまれて嫌々《いやいや》引き下がっていった。

「ランベルト公爵様にそう言っていただけるとは、アマリアも幸運なことだ。しかし」

「おや。まさか伯爵家を継げる者がいなくなってしまう、とは言いませんよね？ この国においては、次女にも継承権がありますのに」

イルヴィスがすっと目を細めると、両親は気まずげに目を逸らした。妹がまともに領地を運営できるとは思ってないからだ。

「もちろん突然後継者《とつぜんこうけいしゃ》が変わることに不安を覚えることもあるでしょう。しかし、先ほどオリビア嬢《じょう》自身が家を継ぐと息巻いていましたから、問題はないと思いますよ」

やっと少し冷静になって、イルヴィスの背中を軽く叩《たた》く。私に拒否《きょひ》する気持ちがないのを確認すると、少しだけ腕の力を緩めてくれた。……相変わらず腰のところにあるけど。

(さっきのアレは合わせろってこと……?)

こんなに堂々としているんだから、イルヴィスに何か考えがあるのかもしれない。どうして、と聞きたい気持ちをひとまず置いておいて、私はとりあえず話を合わせた。

「オリビアのことが心配でしたら、ウィリアム様と結婚《けっこん》させてあげてはいかがでしょう。お二人とも、思い合っているようですし」

先に声を上げたのはウィリアムだった。どうやらこちらの話には耳を傾《かたむ》けていたらしい。

「は、僕にオリビアと結婚しろっていうのか!?」

「あら、何を驚いているのでしょう。ウィリアム様も、こうなる可能性があると知っていたはずです」

「いやっ、それ、は……」

「それに、私よりオリビアの方がいいとおっしゃっていたじゃありませんか。その願いが叶《かな》うのですよ」

ウィリアムは怯《おび》えたような顔をすると、力なく首を振《ふ》った。まあ、さっきまで妹を見下していたようだし、当然の反応だろう。

「あれは、本当に僕の気の迷いだったんだ。君以外は考えられない」

「そんな紙より薄い言葉、私が信じると思っています？　ああ、もしかして爵位《しゃくい》が惜《お》しくなったんですか？」

先ほど言われた言葉をそのまま返せば、今度こそウィリアムは下を向いてしまった。心当たりがあるからだろう。

話が堂々巡《どうどうめぐ》りになり始めたところで、イルヴィスは口を開いた。

「話を伺うほど、アマリアには公爵家に来ていただくのが一番だと思うのですが……いったい伯爵は何が不満なのでしょう」

「いやぁ、恥《は》ずかしい話ですが、オリビアはあんまり賢《かしこ》いとは言えんのです。ですから、領地を上手《うま》く取りまとめられるか心配で」

「ああ、その不安もごもっともでしょう。しかし、次女であれば万が一に備えてきちんと教育をされているかと思います。ここはぐっと心配をこらえて、一度試されてはいかがでしょう」

妹が勉強を嫌《いや》がったせいで基礎《きそ》知識すら危《あや》ういなんて、とてもイルヴィスには言えない。父は何か返そうとして、しかし上手い言い訳が見つからない様子だった。結局あいまいに賛同する言葉を並べると、それっきり黙ってしまった。

当然、その隙《すき》を逃《のが》すような妹ではない。

「ふふ、公爵さまはわたくしを信じてくださるのね！　ねえ、お父さま、お母さま。公爵さまもこう言ってくださっているのよ？　お姉さまにできるのでしたら、わたくしにだってできますわ」

仕事内容を一つも知らないのに、その自信はどこから来るのだろう。

父がすごい形相でにらんでいるが、イルヴィスに励まされたと思っている妹にはまったく効いていない。

「ウィリアムさまもそう思うでしょう？」

「ふざけるな！　誰がお前みたいな」

ウィリアムが余計なことを話す前に、両親に聞こえないように小声で話す。

「あら。今ウィリアム様が頷《うなず》けば、まだ伯爵《はくしゃく》家の婚約《こんやく》者でいられますよ。もちろん断って頂いて結構ですが、侯爵《こうしゃく》様はなんとおっしゃるでしょうか」

「君は一度、しっかり考えるべきです。何を優先したいのか、結論を出してから話したほうがいい」

私のあとに続いてイルヴィスが厳しい言葉を残す。ウィリアムは眉間《みけん》にしわを寄せながら、考えあぐねるように視線を彷徨わせた。「どうすれば」と意味のない独り言が聞こえる。

やがて結論が出たのだろう、ウィリアムは何かに気付いたように自嘲《じちょう》した。

「……僕は」

自分の未来と気持ちを天秤《てんびん》にかけて。

泣きそうな顔をしたウィリアムは、ふらりとよろめきながらも立ち上がった。

「ごめん、アマリア。君を傷つけてしまって、最低なことをした。今さらだけど、本当にごめん」

しっかりと頭を下げるウィリアムの姿を、信じられないものを見た気分で眺《なが》める。

私が彼より本心からの謝罪を貰《もら》ったのは、これが初めてだったのだ。

「ウィリアム、その謝罪は」

「伯爵様、今回は本当にご迷惑《めいわく》をお掛《か》けしました。僕は……」

恐《おそ》る恐るといった父に、ウィリアムはしっかりと返した。

「アマリアとの婚約を破棄《はき》して、オリビアとの婚約を受け入れます」

自分の未来を選んだウィリアムの言葉に、私はやっと解放されたのだと実感できた。

喜ぶ妹の声と嘆《なげ》く両親の声が聞こえる。腰に回された腕に力が入ったのを感じて、イルヴィスを見上げた。まるで自分のことのように誇《ほこ》らしげに微笑《ほほえ》んでいるその顔を見て、私はやっと自分の体が少し震《ふる》えていたのに気づいた。

ちらりと、すべてを手に入れたと喜んでいる妹を見た。ずっと私を見ていたのか、目が合えば勝ち誇った笑みを浮《う》かべていた。おそらく私が婚約破棄された、という点だけに気を取られたのだろう。

先日まで私を苦しめていたその笑みだが、今は心底愚《おろ》かだと笑い飛ばすことができた。

(短い夢の時間を楽しむといいわ)

もうすぐ現実を見ることになるだろうから。

私は妹のこれからを想像して、ローズベリー伯爵家は次の代で終わるかもしれないとぼんやり考えた。

伯爵家に未練は、もうない。

第四章 ― 眠れぬ夜のカタルシス

伯爵家の何倍もありそうな豪華《ごうか》な庭園を抜《ぬ》けると、城のような白亜《はくあ》の屋敷が立っていた。薔薇《ばら》のアーチをくぐると、視界いっぱいの広大な庭に、気を抜けば遠い目をしてしまいそうになる。

使用人に導かれるまま、私の身長の二倍はある大きな玄関《げんかん》から中に入る。まず目に飛び込んできたのは、赤絨毯《じゅうたん》の敷《し》かれた大階段だった。絨毯の両側にはメイドや執事《しつじ》がずらりと整列しており、同じ角度で頭を下げていた。

「お初にお目にかかります、ローズベリー伯爵令嬢《れいじょう》。私は家令のコンラッドでございます」

絶句していた私に声をかけてきたのは、我が家で一番老齢《ろうれい》であるセバスと年が近そうな執事だった。動きが一つ一つ洗練されており、それでいて優しそうな人だ。

「はじめまして、今日からお世話になります。ローズベリー伯爵家長女のアマリアです」

歓迎《かんげい》する雰囲気《ふんいき》を前に、私は苦笑いにならないようにそっと微笑み返す。

今日から、私は花嫁《はなよめ》修業としてランベルト公爵《こうしゃく》家に留《とど》まることになるのだ。わずか数日前の出来事を思い出して、私は今度こそ遠い目をしてしまうのだった。

婚約破棄のとき、ウィリアムがあんなにもはっきりと妹との婚姻《こんいん》を受け入れると言っていたにもかかわらず、両親はまだ妹を次期当主にする決断を渋《しぶ》っていた。

妹がやったことを隠蔽《いんぺい》していた両親は、妹がどれほど酷《ひど》い状態だったのかを一番分かっていたのだろう。それは、ここまでずっと放置してきた彼らの自業自得《じごうじとく》なので、情《なさ》けをかけてやるつもりは少しもないが。

とにかく、伯爵家の存続の危機を感じたらしい父は特に婚約破棄について気が進まない様子だった。イルヴィスはそんな父の考えを知っていたのか、にこやかに圧力をかけていた。

『あの婚約でウスター侯《こう》とそんな約束をしたんですか？　金銭支援《しえん》ならランベルトも負けていないと思うのですが』

『しがらみは確かに侯爵と比べたら多いですが、それを補って余りある利益がありますよ』

そう揺《ゆ》さぶりをかけていた。極《きわ》めつけに、

『今日のことは騒《さわ》ぎ立てませんので、婚約の件は伯爵の判断にお任せします。ですが伯爵家、もうあんまり余裕《よゆう》がないですよね？　ウスター侯に断られたときはどうなされるおつもりで？』

『伯爵家の管理なら、公爵家からいい管理者を手配しますよ。ふふ、アマリアの生家ですから、これくらい当然ですよ』

笑顔で畳《たた》み掛けるイルヴィスに押され、父は家が乗っ取られる可能性に気付かないまま了承《りょうしょう》していた。まるで事前にこうなると予見していたかのような手早さだ。

いつの間にか用意されていた書類にサインをする父に冷めた目線を送りながら、人はこうやって知らないうちにすべてを失うんだなと胸に刻んだ。

この話で痛い目に遭《あ》うのは両親と妹だけだから、私はそっと見なかったことにした。

『婚約も認めていただけましたし、さっそくアマリアを公爵家に連れて行きたいのですが。花嫁修業は早い方がいいですからね』

それに対して、母は意外にも協力的だった。

暴れようとする妹を言いくるめ、使用人たちに私の荷造りを言い付けていた。不便だろうから、エマとミラを連れて行くようにと言われたときは本当に鳥肌《とりはだ》が立ってしまった。それも母が隠《かく》すように持っていた公爵家の家紋《かもん》入り小切手を見て収まったが。

我が家の財政はあまりよくないと知っていたが、かといって娘《むすめ》を売るその姿に失望しないわけではない。いったい何にそんなにお金を使っているのだろうか。

だから、私をあの家から連れ出してくれたイルヴィスには感謝している。

「アマリア、どうかしましたか？　体調が良くないのですか？」

イルヴィスがどういう考えで私を婚約者にしたのかは分からない。だけど、今の伯爵家は婚約破棄の件もろもろで大騒《おおさわ》ぎしているだろうから、この時期に公爵家に置いてもらえるのは助かる。たとえ、そのうち伯爵家に戻《もど》ることになっても。

「いいえ、少し考え事をしていただけです。体調はむしろ今までで一番いいです」

はっと辺りを見回せば、いつの間にか豪華な部屋の前にいた。

ぼんやりとしていたせいか、使用人に代わって部屋まで案内してくれたイルヴィスが心配そうに眉《まゆ》を下げた。

「ここ数日は大変だったでしょう。体調がよいと感じても、疲《つか》れは溜《た》まっているはずです。夕食まで時間がありますから、少し休んでください」

「はい、そうさせていただきます。……あの、こちらが私の部屋ですか？」

「また私の話を聞いていませんでしたね。次は耳元で話しますよ」

さっそく身をかがめたイルヴィスから逃《に》げるように扉《とびら》を開けて、急いで部屋の中に入る。

イルヴィスは追いかけて来なかったが、くすくすと楽しそうに笑っていた。

「からかいましたね!?」

「おや、本気ですよ。今日のところは見逃《みのが》しますが、次は遠慮《えんりょ》しませんので」

気を付けよう。

うなずく私に満足したのか、部屋は好きにして構わないと言い残してイルヴィスは扉を閉めた。遠ざかる足音にほっとしつつ、改めて部屋を見回した。

しっかり掃除《そうじ》が行き届いており、伯爵《はくしゃく》家の客間、というか私の部屋よりも広い。

調度品はどれも落ち着いた色合いで、素材の良さが一目で分かるものばかりである。異様に大きいクローゼットを開けてみれば、すでに何十着と流行《はや》りのドレスが入っていた。どことなく見覚えのあるデザインに、あのブティックの物だとすぐに分かった。

あの日買ったのは一式だけだったはずだが、なぜドレスだけでもこんなに多いのだろう。

（……いつの間に。急ぎでお願いしますとは言っていたけど、この量を用意できたのはさすがというか）

あれからまだ一週間も経《た》っていないはずだが、公爵ともなれば簡単に用意できるのだろう。うん、そうに違《ちが》いない。

そっとクローゼットを閉めて、私は中央に置かれている自分の荷物に目をやった。そんなに多くないので、身一つで来たとしても不便はなかっただろうなという考えが過《よぎ》る。

「というかコレ」

客室っていうより、私のための部屋のような。

本当に大事な婚約《こんやく》者として扱《あつか》われるようで、嬉《うれ》しさとともにわずかに苦いものが心の中にある。言葉に甘えてここまで来たけど、結局イルヴィスがどういうつもりで私に婚約を申し出たのかがまったく分からない。

イルヴィスには好きな人がいるのに、私がここに居ては邪魔《じゃま》になる。ちくりと胸が痛んだのは、きっと罪悪感のせいだ。

「はあ……」

一人なのをいいことに、私はぼふんとベッドに倒《たお》れこむ。

落ち着いた部屋の雰囲気もあり、一気に眠気《ねむけ》が押し寄せてくる。着替《きが》えた方がいいと分かっていたが、一度疲れを自覚すれば、今すぐにでも眠ってしまいたい気持ちが膨《ふく》れ上がる。

(イルヴィス様も休んでくださいって言っていたし、いいよね)

くつろいでくださいって言っていたと思うが、それは気にしないようにする。他にもはしたないとか、いきなり気が緩《ゆる》みすぎだとかいろいろ浮《う》かんだけど。

それらをすべて無視して、柔《やわ》らかなベッドに横になる。だんだんまぶたが重くなるのを感じながら、私はそのまま意識を手放した。


軽くまどろむつもりだったが、次に目覚めたのは翌朝だった。

ドレスを着たまま寝《ね》てしまった私はエマに怒《おこ》られながら、ミラに身支度《みじたく》を整えられる。

私が緊張《きんちょう》しないようにと、今日は二人だけで、公爵家の使用人の姿はない。

「また夕食ぬきだなんて！　お嬢様が大変だったとは知っていますが、お体を壊《こわ》しては意味がないんですよ？」

「お召《め》し物もそのままで……」

「私もちょっと休むくらいのつもりだったのよ」

それなのに、起こしてもまったく反応しなかったらしい。イルヴィスが疲れているだろうから無理に起こさなくていいと言ってくれたので、着替えもさせずにそのまま私を寝かせておいたようだ。

本当に、二人にずいぶんと心配をかけてしまった。

「もう、私たちは今日から本格的に公爵家のマナーを勉強しなければならないので、ずっとお嬢様とご一緒《いっしょ》はできませんのに」

「あとで公爵さ……いえ、旦那《だんな》様からお話があると思いますが、メイドがもう一人付くかと思います」

「そうね。私たちだけでは不安……って」

耳慣れない言葉を聞いた気がして、思わず振《ふ》り返る。恐《おそ》る恐るミラの顔を見れば、珍《めずら》しく満面に笑みを浮かべているではないか。

「え、ミラ？　いま、旦那様って」

「正式にお二人の婚約が成立しましたし、昨日のうちに呼び方の訂正《ていせい》が入ったのです」

「はい!?　私、婚約破棄《はき》したばかりなのだけど!?」

「さすが公爵家ですよね！　私もびっくりしてしまいました」

エマは朗《ほが》らかに笑っていたが、私は情報を理解するのに精一杯《せいいっぱい》だった。

いろんな疑問が浮かんでは消えていったが、不思議と嫌《いや》だなという気持ちはなかった。

嫌じゃないから、本当に困るのだ。

（正式に認められたって、簡単に取り消せないのよ⁉）

てっきりその場しのぎだと思っていた婚約が本当に実現してしまった。

ちょうどタイミングよくミラから終わりましたと声があり、私は慌《あわ》てて立ち上がった。

「イルヴィス様は？」

「お嬢様と朝食を共にしたいそうで」

「行くわ」

「あっ、お待ちください！　お嬢様は道をご存じないじゃないですかー！」

その言葉で少し冷静になって、私は大人しくエマたちについていく。

エマたちに案内された食堂では、すでに準備が整っていた。

席に着けば、機嫌《きげん》が良さそうなイルヴィスは砂糖を溶《と》かしたような声と表情で挨拶《あいさつ》してくれた。

「きちんと休めたようで良かったです。部屋は気に入ってくれましたか？」

「おかげさまで疲れも取れました。……お部屋も、とても素敵《すてき》です」

「それはよかったです。急いで準備した甲斐《かい》がありました。ところで――」

イルヴィスの耳触《みみざわ》りの良い声が流れていく。それに相槌《あいづち》を打ちながら、私は小さく後悔《こうかい》する。婚約破棄のときに耳打ちされた言葉の意味、そして婚約について聞きたいことはたくさんあったのに、結局当たり障《さわ》りない話をしてしまった。

そのあとも会話は続いたのだが、私は上手《うま》い切り出し方を見つけられず、肝心《かんじん》なことは聞けずじまいだ。あんな修羅場《しゅらば》があったのに、私はまた現状を変えることに怯《おび》えている。

「それでは、先に失礼しますね。基本的には執務室《しつむ》に居ますので、何かあればコンラッドを通してください」

「お気遣《きづか》いありがとうございます」

「当然のことですよ。アマリアのためならいくらでも時間を作りますので、変に遠慮しないでくださいね」

なんだか悩《なや》みがあることを見破られてしまっているようで、私は笑顔を取り繕《つくろ》うのに必死だった。

……そうして、膠着《こうちゃく》状態が始まってしまった。

なんだかんだ一週間経《た》ち、私も公爵邸《こうしゃくてい》に慣れ始めてしまった。今では夜に薔薇《ばら》園のガゼボで一人夜風に当たることもできるくらいだ。

満開の薔薇の香《かお》りが風に乗って心を落ち着かせてくれる。辺りは静かで、のんびりと考え事ができる場所だ。計算された構造だからか、ガゼボから夜空が良く見えた。こんなに月が綺麗な夜は、初めてイルヴィスと出会った夜のことが思い出される。

(今日も遅《おそ》くまで働いているわね。部下もかわいそうに)

ガゼボからイルヴィスの執務室が良く見えるのだが、最近の私はここで考え事をしながらその部屋を見ているのがマイブームである。角度的にイルヴィスの姿は見えないが、執務室に明かりがついているところを見ると安心する。

思わず小さなため息をつくと、ふわりと肩《かた》にブランケットがかけられる。ハッとして振り向けば、大きなバスケットを持ったイルヴィスが立っていた。

「いくらでも時間を取ると言ったはずなんですけどね。毎晩こんなところでじっと考え込んで、風邪《かぜ》でも引いたらどうするつもりなんですか」

口調は拗《す》ねているようにも聞こえたが、その目は酷《ひど》く優しい色をしていた。

「イルヴィス様!?　いつからそこに、いえ、いつから気づいていたんです!?」

「たった今来たところですが……そうですね、アマリアが一人寂《さび》しく私を見ていることに気づいたのは七日前です」

「初日じゃないですか!」

「ははっ、上からは丸見えでしたよ」

ブランケットがもう少し大きかったら私は頭から被《かぶ》っていただろう。つまりこの月の光がよく似合う男は、七日もこの状況《じょうきょう》をひっそり楽しんでいたということだ。

私はできる限りの目力を集めてイルヴィスをにらむ。しかしにらめど通用している気配はなく、イルヴィスはどこまでも楽しそうにバスケットからワインを取り出してテーブルに置いていく。

「ここで飲むのですか？」

「貴女《あなた》が甘えてくれないのが寂しくて。やけ酒です」

「!?」

「ふふ、冗談《じょうだん》ですよ。……月が綺麗なので何だかあの夜を思い出して、無性《むしょう》に飲みたくなったんです。今日も居てくれてよかった、アマリアもいかがです？」

イルヴィスも同じことを考えていたことに驚《おどろ》いたが、それよりも嬉《うれ》しかった。

（今日くらい、いいよね？）

お酒にはあまり慣れていないが、一杯《いっぱい》くらい問題ないだろう。最近はいろいろ悩んでばかりだったし、ここは屋敷《やしき》内で今はイルヴィスしかいない。

「じゃあ、少しだけいただきます」

グラスを受け取って少し口に含《ふく》む。ベリー系の甘い香りがする。イルヴィスが気を遣ってくれたのか、あのパーティーで飲んだものよりずっと飲みやすい。

「おいしい！　これならいくらでも飲めそうです」

「それはよかった。気が済むまでお付き合いしますよ」

「そんなこと言って、私があの日みたいに愚痴《ぐち》り始めたらどうするんです？」

あの夜は本当にだいぶ酔《よ》っていた。

もうやらかすまいと警戒《けいかい》していると、ひどく毒っけのない返事が戻ってきた。

「それは、むしろ嬉しいです」

「失礼なことを言ってしまうかもしれませんよ」

「望むところです。何度も言いましたが、私には何を言ってもいいんですよ。何せ十年も片思いしていますので、並大抵《なみたいてい》のことじゃ嫌《きら》いになりませんよ」

「十年も」

さらりと言われて、あやうく流してしまうところだった。……今よりいいタイミングはないだろう。

(何を言ってもお酒のせいにしちゃえ)

一気にグラスを傾《かたむ》けて飲み干し、再びグラスに注ぐ。イルヴィスが驚いた気配がしたが、それを無視して口を開く。

「イルヴィス様は、どういうつもりで私と婚約《こんやく》したのですか？」

「どういうつもりも何も、この間伯爵《はくしゃく》夫妻の前で宣言した通りですが。貴女と一緒《いっしょ》にいたいと言ったじゃないですか」

小さく首を傾《かし》げたイルヴィスはむしろ、私が何を言っているのかが分からないようだった。でも、私も成長している。

前の私なら騙《だま》されていただろう。しかし、ここ数日食事や散策で何度かイルヴィスと一緒に過ごした今なら分かる。これは分からないふりをしているだけの演技だ。

「はぐらかさないでください！　私を助けたいだけなら、ここまでしなくてもよかったはずです。何も本当に婚約しなくても、イルヴィス様ならどうにでもできたはずです」

「おや、最初から私の恋人《こいびと》になるという約束ではありませんでしたっけ」

「そんな約束してませんよ。勘違《かんちが》いさせるように振る舞《ま》うという話でしたし、それも私が婚約破棄するまででした。だいたい、イルヴィス様には好きな人がいるのでしょう？」

まだ婚約パーティーを開いていない今なら、公《おおやけ》にならずになかったことにできる。私のせいで、イルヴィスが想《おも》い人と結ばれないのは、嫌だ。

「ははは、それはしっかり覚えているんですね」

さっきも自分で言ったではないか。まったく独身になったばかりの女をからかわないで欲しい。これでしっかり答えてもらえるだろう。そう思って見つめ返せば、イルヴィスは笑みを深くした。

まるで、私がそう言うのを待っていたかのように。

「そこまで考えているのに、アマリアは少しも私が貴女を好きだからだと思ってくれないんですね」

思考が、停止した。

一度深呼吸して、こっそり手の甲《こう》をつねってみる。痛い。酔っ払ってもいない。


――イルヴィスが、私を好き？


いや。

いやいやいやいや。

そんなの、だって。そんなはずがないし、ありえるはずもない。真っ先に排除《はいじょ》した答えだ。

だいたい私とイルヴィスはあの夜が初対面なはずで、あんなに酔っ払っていたのだ。好かれるところなんてまったく思い当たらない。

「そんな冗談、面白《おもしろ》くないですよ」

「私はこんな冗談を言いません」

「でも」

「私はなんとも思っていない女性の話を丁寧《ていねい》に聞きません。わざわざ手を貸したりしませんし、ここまで付き合いませんよ。ましてや好きでもないのに、婚約の話を持ち出すわけないじゃないですか」

確かにそんな不誠実な人ではない。イルヴィスが優しさだけですべてを我慢《がまん》して婚約までする人じゃないのは、私もよく知っている。

イルヴィスが妹の話をしっかり聞くことなんてなかったし、失礼な態度を笑って流すこともない。自惚《うぬぼ》れだと言えないほどに、イルヴィスは私にはまっすぐ向き合ってくれている。こんなところで嘘《うそ》をついたことは一度もなかったのだ。

「じゃあ、あの夜、話していた想い人というのは」

「アマリアはあの夜、私がなんと言ったか覚えていますか？」

コクリとうなずく。あんな惚気《のろけ》、忘れられるはずもない。

『私が愛した女性には婚約者がいたんです。彼女が幸せならばと身を引いたのですが、想いは捨てられなくて』

その口ぶりからして、だいぶ前からその女性を想っていたのだろう。

『ですが、彼女は今苦しんでいます』

婚約者がいる。今苦しんでいる。

言われてみれば、私もあのときは苦しんでいたような。

『であれば、もう黙《だま》っている理由はありません。今度こそ、彼女を手に入れます』

その言葉に、私は顔も知らぬ女を妬《ねた》んだのだ。救いの手が差し伸《の》べられることに対してか、はたまた別な何かに対してかは分からないが。

ふと、ここ数日のイルヴィスの行動を思い返す。……考えれば考えるほど、イルヴィスの想い人の話が私と重なる。

ずっと私のためにいろいろしてくれていたが、果たして赤の他人にここまでしてくれる人が本当に居るのか。イルヴィスがこんなに優しいのは、私がその想い人だからではないのか。

「……これでは、あの男を愚《おろ》かとは言えませんね。見栄《みえ》なんてはらず、最初からこう言えばよかった。アマリアが好きだって」

「う、うそですよね……？」

反射でそう言うと、間を置かず否定される。

「本気にしてください。……愛しています。こんなにも貴女《あなた》に夢中なのに、嘘だなんて冗談でも言わないで」

アルコールじゃない火照《ほて》りに襲《おそ》われる。アイスブルーの瞳《ひとみ》にまっすぐ射《い》ぬかれて、呼吸さえ奪《うば》われた。そのまま身動《みじろ》ぎもできずに見つめあっていると、先に音を上げたのはイルヴィスだった。眉《まゆ》が困ったように下がる。

「嫌《いや》ですか？」

「……嫌じゃないから、困っているのです」

「まさか、私の言葉が信じられないと」

「…………」

無言の肯定《こうてい》を察したイルヴィスは、困ったように笑った。

「……実を言うと、私たちは小さい頃に会ったことがあるのです」

「えっ」

必死に記《き》憶《おく》を掘《ほ》り返すが、まったく心当たりがない。表情に出ていたのか、イルヴィスは小さく笑った。

「本当は言うつもりもなかったですし、無理に思い出さなくても構いませんよ。アマリアにとって、過去はそんなにいいものじゃないでしょうから」

まるで捨てられた子犬のような顔に、こちらが悪いことをした気分になる。いや、一方的に忘れてしまったから私が悪いのは事実だけど。

「ずっと前から愛しています。過去の私のことは忘れたままで結構です。それでもいいから、今の私の気持ちだけでも信じてほしい」

「でも、イルヴィス様にとっては大事な思い出なんでしょう？」

何とかそのひと言だけ捻《ひね》り出した私に、イルヴィスは満足そうに笑った。

「それはもちろんですが、今アマリアとともに時間を過ごせることの方がずっと大切なことです。それに、貴女も迷っていることはよくわかっていますので」

婚約者に浮気《うわき》された記憶がまだ残っていて、今すぐ新しい恋《こい》に真剣《しんけん》に向き合える自信がない。

だからそう言われてしまえば、私は何も返せなかった。イルヴィスの言葉の隅々《すみずみ》から、本気だということが伝わってくる。

そんな息も絶え絶えな私を蜂蜜《はちみつ》のような甘ったるい笑顔で見つめていたイルヴィスは、わずかに声色《こわいろ》を明るくした。

「そういえば小さい頃、私たちは愛称《あいしょう》で呼び合っていたんですよ。アメリーとルイって」

「嘘」

かぶせるように否定する。本当に転んでもただでは起きない男だ。

「アメリーは記憶がないじゃないですか。悲しいです。私は本当のことを言ってますのに」

やっぱりこれは嘘だ。さっきと反応がぜんぜん違《ちが》う。あんなにも切ない顔をしていたのに、今は何食わぬ顔でにこにこしている。

「さっそく呼んでいるじゃないですか！　せめて悲しそうな顔を作ってください！」

「ああ、このままではルイと呼んでくれないと悲しさのあまり、アメリーの好きなところを一つずつ並べていきそうです」

「どちらにせよ私しかダメージ受けない理不尽《りふじん》！」

このままだと本当にやりかねない勢いだったので、私は渋々《しぶしぶ》……本当に渋々愛称で呼ぶことを了承《りょうしょう》した。これ以上愛を受けとったら溶《と》けてしまう。

そんなもう何がなんだか分からなくなっている私に、イルヴィスは目を細めて意地の悪い笑みを浮《う》かべた。

「ふふ、そう警戒《けいかい》しなくても、今日のところはもう何もしませんよ。最初から少しずつ距《きょ》離《り》を縮める予定でしたし」

「少しずつ……？」

怪訝《けげん》そうに返した言葉に、イルヴィスは笑いを押し殺すように言葉を続けた。

「私は何よりもあなたの笑った顔が好きですので、ゆっくり落としますよ。アメリーが納《なっ》得《とく》できる答えを見つけるまで、じっくり考えてください」

「えっ」

「幸い、待つのには慣れていますから。どんな答えでも大丈夫《だいじょうぶ》ですよ」

昨日なら社交辞令と流せた話も、今日は酷《ひど》く動揺《どうよう》する。顔が熱くて、今にも叫《さけ》び出したい。

「毎日執務《しつむ》室に押しかけられたって迷惑《めいわく》じゃありませんし、お茶もお酒もいくらでもご一《いっ》緒《しょ》します。アメリーの好きなものの話も、つらかったことも、何時間でも聞きます。絶対に不安にさせませんので、好きなだけ頼《たよ》ってください」

「でも、イルヴィ……ルイ様の負担になります」

「まさか。アメリーと過ごす時間に癒《いや》されることはあれど、疲《つか》れを感じることはありえません。貴女の強さも弱さも、全部受け止めます。だから、もう自分に嘘をつくのはやめてくださいね」

迷うことなく言いきったイルヴィスに、変な声が漏《も》れそうになった。真っ赤になってしまった私を楽しげに見つめる視線を感じる。結局私が根負けするという形でいつでも相談するという提案に乗ってしまい、気づけば習慣になってしまっていた。

それからというもの、私は話したいことができると当たり前のように夜にあのガゼボに行くほどだ。特に約束はしないけど、そうすると決まってイルヴィスはワインを片手に現れる。

……もしかして私、お酒が好きだと思われてる?


月が綺麗な夜。

今日もアメリーと他愛のない話をしながら、ゆっくりと時間を過ごす。

アメリーもここでの生活に慣れ始めたようで、使用人たちも彼女のことを気に入っている。

暗い顔が多かった最初と打って変わって表情豊かに話す彼女を見る度《たび》、あの夜コンラッドの言う通りにパーティーに参加してよかったと思う。私だけだったら、きっとまた『彼女の隣《となり》に自分以外の男がいる姿を見たくない』と逃《に》げていただろうから。

最初は、想《おも》いにケリをつけるためだった。もうすぐ結婚《けっこん》するだろう幸せなアメリーの姿を見て、彼女を諦《あきら》めるつもりだった。

しかしいざパーティーに行けば、なぜか婚約《こんやく》者がいるはずのアメリーが一人で来ていた。つい気になってそのまま目で追っていれば、彼女は隅でワインをすごい勢いで飲み始めたのだ。あれではすぐに酔《よ》ってしまう。

案の定すぐに酔ってふらふらでバルコニーに出た彼女を見て、私は覚悟《かくご》を決めて近づいた。純粋《じゅんすい》に心配だった。ドレスは誰《だれ》も着ないような古臭《ふるくさ》いデザインだったし、遠目でもわかるほど顔色が悪い。勝手に幸せな姿を思い描《えが》いていた私にとって、そのボロボロな状態はショックだった。

酔っ払ったアメリーに近づくのは簡単だった。彼女が私のことを何一つ覚えていないのは予想外でかなり心に来たが、彼女の身の上の方がずっと辛《つら》かったはずだ。アメリーがこんな状態になるまで気づこうともしなかった自分に怒《いか》りが湧《わ》いたが、同時に抑《おさ》えていた欲《よく》望《ぼう》が首をもたげた。

今度こそ、アメリーを手に入れられるのでは？　と。

私にとっての邪魔者《じゃまもの》が、アメリーにも敵と認識《にんしき》された。それなら、私がお行儀《ぎょうぎ》よくしている必要はない。だいたい、大人しく身を引くなんて私らしくもない。

そうと決まれば、私は協力者として彼女に提案を持ち掛《か》けた。調べた限りでは、ウスターとオリビア嬢《じょう》の浮気はもみ消されているようだったから、赤の他人である私ではいくら公爵《こうしゃく》とはいえ口を出すのは難しかった。無理に踏《ふ》み込めないこともなかったが、そうしてしまえばアメリーをさらに傷つける。

今思えば、私は浮かれていたのだろう。

長年抱《かか》え続けてきた想いは思った以上に大きくなっていた。恋というには重すぎて、焦《こ》がれるだなんて生易しい。大事にしたい、守りたい。私とともに育ってしまったこの気持ちは、千載一遇《せんざいいちぐう》のチャンスを前に私の目を曇《くも》らせてしまった。

わざわざ婚約者の実の妹に手を出したのだから、恋心があると思い込んでいた。だから軽率《けいそつ》に挑発《ちょうはつ》してしまい、アメリーを危険な目に遭《あ》わせてしまった。彼女はむしろ自分でけりをつけられて良かったと言ってくれたが、私は私を許すことはないだろう。

「まあ、予定より早く手に入れられたのは嬉《うれ》しい誤算ですが。聞いてください、昨日やっと悩《なや》みを打ち明けてくれたんですよ。あの照れた顔なんて、本当に可愛《かわい》らしくて最高でした。見ました？」

「はいはい可愛らしいですよもうその話何回目です」

「はい？　アメリーの照れ顔を見たんですか？？？」

「振《ふ》ってきたの閣下でしょうがなにキレてんですか⁉」

たれ目の男がそう怒りながら書類を差し出してきた。彼は伯爵邸《はくしやくてい》に送った『管理者』で、いわゆる監視《かんし》役だ。

書類は伯爵家で買収した従僕からの報告書で、内部から見た状況《じようきよう》が書かれている。酔ったアマリアを送り届けた夜、その帰りに買収したのだが、思いの他いい働きをする。

伯爵は最初こそ不機嫌《ふきげん》だったが、すぐに公爵が後ろ盾《だて》になったと満足したようでよく遊びに行っているとか。ウスターはオリビアをどうにかしようと努力しているようだが、聞き入れられそうもないとか。夫人はどうやら老後を心配して、私が急な婚約のお詫《わ》びにと伯爵家に渡《わた》した金を独り占《じ》めしているとか。

（アマリアとの結婚を許したお礼に、しばらくは泳がせておきましょう）

伯爵家は彼女をずっと苦しめてきたんだ。許してやるものか。気が緩《ゆる》んだところに、とどめを。

彼女の妹は最近イライラしているようだから、近いうちに何かしてくるだろう。それに乗じて、アマリアの不安要素を消してしまおう。

全部に目を通したところで、報告書を暖炉《だんろ》にくべる。

アメリーは辛いことがあってもひとりで耐《た》えようとするから、彼女が心から頼りたいと思える男になりたい。

今度こそ彼女を傷つけずに守れるように、しっかり準備しないと。

「あ、そういえば、アメリーの妹君が何度かこの屋敷《やしき》に突撃《とつげき》してきているのですが」

「明日《あした》の天気を話すテンションでそんな爆弾《ばくだん》を落とさないでください！　というか初耳なんですが!?」

ガゼボでの二人きりの夜会。変に取り繕《つくろ》わなくてもいい、イルヴィスと過ごすこの穏《おだ》やかな時間が大好きだ。

やっと慣れてきたワインをちびちび飲んでいた私に、突然《とつぜん》爆弾が落ちてきた。

「今日で記念すべき十回目だそうです。これは諦める気がないなと思ったので、報告しておきますね」

「そんなに来てたんですか⁇　そういうことは初回に限らず毎度報告してほしいんですけど」

情報を一生懸命《けんめい》消化していた私をよそに、イルヴィスはさらに爆弾を落としていく。彼が珍《めずら》しく浮《う》かれていると気づいたのは、このときだった。

「それより」

「嘘《うそ》でしょう⁉　オリビアの話それで終わりにするんですか⁉」

「そろそろ頃合《ころあ》いだろうと婚約パーティーを開くことになりました」

「聞いちゃいない……ん？」

ほろよい気分が一気に覚める。ぱっと顔を上げれば、相変わらずのアルカイックスマイルがそこにあった。私は大きく息を吸い込んで、夜の静けさを打ち破るほど大きな声を出してしまった。

「そういうことは！　もっと早くちゃんと報告してください‼」

妹の動向も気になるが、婚約パーティーはもっと大事だ。招待状の手配や招待客リストの暗記、そしてドレス選びがある。イルヴィスの隣に立つためには、一つとて手を抜《ぬ》いてはならないのだ。

ウィリアムと婚約したときは幼く、金銭的にも厳しかったから何もしなかったので、今回が初めての準備になる。

(こんなにお世話になったのだから、ルイに恥《はじ》をかかせるわけにはいかないわ！)

一人やる気をみなぎらせる私を、イルヴィスは呆気《あっけ》にとられたように口を開けて見ている。

そんな顔でも造形美を崩《くず》していないんだから、本当に羨《うらや》ましい限りだ。

「ルイ？　どうしたのですか」

「――あ、いえ。アメリーの反応が、少々、いえだいぶ意外だったもので」

「へ？」

「失礼ながら、貴女《あなた》なら妹君の話に気を取られると思っていたんです。その、少しでも婚約のことを気にしてくれたらと思っていましたが、そこまで喜んでいただけるとは、予想外でした」

声量が尻《しり》すぼみになっていく。じわじわと赤くなっていくイルヴィスの姿が珍しくて、いまならもっと照れさせられるのではと悪戯《いたずら》心が顔を出す。

「むしろ私のセリフですよ。お披露目《ひろめ》なんてしたら、もう後には引けませんよ？　やっぱり違《ちが》うって後悔《こうかい》しても遅《おそ》いのですよ？」

つい前のめりになっていく。ゴホン、とイルヴィスが咳払《せきばら》いをする。いつの間にかだいぶ近づいてしまったようで、そっと姿勢を正す。ちらりとイルヴィスの様子を窺《うかが》えば、顔を赤らめたまま拗《す》ねた子どものような表情をしていた。

「何度も言っていますが、私がアマリアを好きだという気持ちに嘘偽《うそいつわ》りはありません。パーティーを開いたくらいで貴女が私から離《はな》れなくなるのなら、むしろ安いものでしょう」

嬉しい言葉だが、顔が真っ赤なせいで威力《いりょく》が半減だ。めったにない機会だ。私はいつものやり返しだという気持ちで、顔を隠《かく》そうとするイルヴィスをのぞき込む。

「やめてください！　今は本当に、少々人に見せられない顔をしていますので！」

「だって意外ですもの。いつも余裕《よゆう》そうに口説いてくるのに」

「余裕？　私が？」

力強くうなずく。すると、イルヴィスは少し眉《まゆ》をひそめた。

「そう見えるのですね。……言っておきますが、余裕なんてありませんよ。貴女といて余裕だったことなんて一度もない。どうすれば私を好きになってくれるのか、ずっとそんなことばかり考えてますよ」

一気に顔が熱くなる。返り討《う》ちにあっただけだった。

……イルヴィスは忘れたままでいいって言ってくれたけど、やっぱり過去のことを思い出したいな。一人だけ全部覚えているのは寂《さび》しいし、私も全部思い出してイルヴィスと向

き合いたいもの。それに、今のままだと元婚約者の嫌な思い出ばかりで、恋愛に臆病になってしまう。

もちろんウィリアムのことはもう整理がついている。でも、あの人に捧《ささ》げた時間が長すぎて、いとも簡単に裏切られた傷がまだ痛むのだ。

未練があるわけじゃない。だけど本心からイルヴィスと向き合うためには、一度しっかり妹とも向き合う必要があるだろう。

「……驚《おどろ》きました。ずいぶんと真剣《しんけん》に考えてくれるようになりましたね」

「ここまでされて、何も感じないほど鈍感《どんかん》じゃありません！　ですから、もう少しだけ時間をください。パーティーまでには、気持ちの整理をつけますので」

「……ありがとうございます」

「あ！　でも嬉しいのは本当ですから！」

そう言うと、イルヴィスは少年のようなあどけない笑みを浮かべた。

「まったく、貴女という人は。これはブティックのスケジュールを押さえないといけませんね」

「それ以外にもやることはありますよ」

「……はい。一緒《いっしょ》に頑張《がんば》りましょう」

その本当に幸せそうな笑顔のためにも、頑張ろうと思える。

というか失われた記憶《きおく》はイルヴィスとのものなんだから、怯《おび》える必要ないのでは……？


貴い身分に可愛《かわい》らしい容姿。平民にも優しくて、殿方《とのがた》たちのお話にも付き合える。

ローズベリー伯爵《はくしやく》家の次女として優《すぐ》れたわたくしは、誰《だれ》よりも優先されるべきなのよ。

「この家のために、オリビアは必ずいい相手を見つけてちょうだい」

お母さまがそう言ったとき、わたくしはとても驚いたわ。だって、わたくしはわたくしが家を継《つ》ぐのだとずうっと信じていたもの。

——でも、わたくしには姉がいたの。

わたくしとは少しだけ似ているけど、わたくしの方が何倍も綺麗《きれい》よ。

お姉さまはいつも何かしらのお勉強をしていたわ。好きなことを好きなときにできるわたくしと違って、自分の時間もないお姉さまは、きっと頭が悪いのだと思うの。

わたくしのところにも先生が来たけど、あの人はわたくしに意地悪をして難しいことばかり聞くのよ。だから辞《や》めさせたわ。

その後も何度か先生が来たけど、どれも不合格よ。でも彼らはお姉さまには教えられていたみたいだから、わたくしの方が優れているって証明できたわ。

だから、だから。

長女というだけで伯爵家を継ぐお姉さまがだいっきらいだったの。

うらやましい。ずるい。きらい。

わたくしよりずうっと劣《おと》っているくせに、わたくしには手に入らないものをたくさん持っている。なんてかわいそうなわたくし。

「お姉さま、これはわたくしにくださいな」

お姉さまが大切にしていたものを奪《うば》えば、お姉さまは泣きそうな顔をしたわ。その顔を見る度《たび》に、わたくしはとっても満たされるの。お父さまもお母さまも、わたくしの方を愛しているわ。あんまりお話はできないけれど、わたくしが何をやっても許してくださっているもの。

二人ともよくお姉さまを叱《しか》っていたわ。わたくしをあんまり煌《きら》びやかな王宮に連れて行ってくださらないのも、わたくしを大切にしているからよね！


お姉さまに、婚約者ができてしまったわ。

わたくしよりも先に婚約するなんて、許されるはずがない。見なさいよ、浅ましくも勘《かん》違《ちが》いしたお姉さまが、幸せそうにしているじゃない！

すぐにお父さまとお話ししたかったのだけど、お父さまは取り合ってくださらなかったわ。仕方がないから、お姉さまの婚約者を貰《もら》いましょう。

ふふ、真実を知ったときのお姉さまの顔は忘れられないわ。

でもわたくしは優しいから、お姉さまが思いつめないようにたくさん声をかけたの。そんな私の気遣《づか》いなんて気にもしないで、お姉さまはパーティーで殿方に色目を使ったのよ！　初めて近くでお姿を目にしたのだけど、ランベルト公爵《こうしゃく》さまはなんて麗《うるわ》しい方なのかしら。わたくしが今まで遊んであげたどの殿方よりも素敵《すてき》だったわ。

「はあ……公爵さまったら、いつになったらわたくしを迎《むか》えにきてくださるのかしら」

とうとうお姉さまはウィリアムさまに捨てられた。

前のように絶望した顔が見られなくて物足りないけれど、きっと公爵さまに泣きついて困らせているに違いないもの。早く公爵さまを助けてあげられたらいいのだけど、わたくしは今ウィリアムさまを慰《なぐさ》めるのに忙《いそが》しいわ。

公爵さまはわたくしが伯爵家を継げるようにお姉さまを連れ去ったのだから、わたくしだって頑張りたいのだけど……。最近のウィリアムさまはおかしいの。

「オリビア、もう夜遊びはやめるんだ」

「最低限のマナーは身につけた方がいい」

「せめて書類を読めるくらいの知識をつけろ」

わたくしを独り占《じ》めしたいのは分かるのだけど、ここまでしつこいとイライラするわ。マナーなんて、わたくしの可愛さを損《そこ》ねるだけ。わたくしはわたくしのままでみんなに可愛がってもらえるのよ！

わたくしは未来の伯爵になるのよ？　書類のような難しい仕事は管理者に任せればいいじゃない。わたくしはパーティーで踊《おど》っていればいいの。

それなのに、それなのに！

管理者は確認と言って、わざわざわたくしに押しつけてくるの！

お母さまは見て見ぬふり！　お父さまなんて、甘えるなとお怒《いか》りになるのよ!?

さっさと罰《ばつ》を与《あた》えてやればいいのに、管理者は公爵さまの使用人らしくて何もできないですって！　わたくしが！　こんな惨《みじ》めな思いをしているのに！　どうして誰もわたくしを助けてくださらないの！

ムカつく、むかつく！

きっとお姉さまがみんなにわたくしの悪い話をしていたに違いないわ。ウィリアムさまがわたくしの言うこと聞かないのも、使用人が生意気なのも、ぜんぶぜんぶあの女のせい。

そんな窮屈《きゅうくつ》な毎日、公爵家から手紙が届いたの。

やっとわたくしを救い出してくださるのね、とさっそく目を通したのに。

「どうなってるんですの!?　お姉さまと公爵さまが婚約ですって!?　そんなはずがないわ!!」

信じられない！　信じられない！　信じられない！

わたくしよりお姉さまをなんて、きっと何かの間違《まちが》いだわ！

気に食わない。気に食わない、気に食わない！

なんで何もかも上手《うま》くいかないのよ！

ああ……でも、でもわたくしにもパーティーの招待状が届いているわ。これがあれば今まで入れてもらえなかった公爵さまのお屋敷《やしき》に入れる！

——お待ちくださいな、公爵さま。今度こそお姉さまから助けて差し上げますわ。

第五章 ― 甘く広がる気持ちに名前を

夢を見た。

過去を振《ふ》り返ることが増えたからか、夢の主人公はいつも幼い私だ。『今』の私は、まるで他人事《ひとごと》のようにそれを眺《なが》めている。

夢とは不思議なもので、記憶にない光景がまるで本当にあった出来事のように目の前でよみがえるのだ。

例えば、うんと幼い私が両親に何かのパーティーに連れていかれる夢。デビュー前だからと一人残された私は、見事に迷子になっていた。

ふらふらしていた私は、とても綺麗な男の子に道を教えてもらっている。どことなくイルヴィスに似た男の子は銀髪《ぎんぱつ》にアイスブルーの瞳《ひとみ》をしていて、なぜか私にお礼を言っていた。

その次の舞台《ぶたい》はお茶会のようで、やたら女の子が多かった。彼女たちはピリピリしていて、何かを待っているようだった。居心地《いごこち》が悪い小さな私はその輪から抜《ぬ》け出し、庭に向かったようだ。

そこで着飾《きかざ》った令嬢《れいじょう》に言い寄られていた男の子を見つけて、すぐに彼が道を教えてくれたあの子だと分かった。見なかったことにしようとしたが、男の子が少し震《ふる》えていることに気付いて、口をはさんだ。

さらにその次は修羅《しゅら》場《ば》だった。五、六人の令嬢が、あの男の子を囲んで言い争いをしていたのだ。男の子が野獣《やじゅう》の群れに放り込まれたウサギのように見えて、小さい私は覚悟《かくご》を決めて戦地に飛び込んだ。何とかケダモ……令嬢たちの気を逸《そ》らして、男の子を連れ出した。彼が落ち着くまで話に付き合ったような気がするが、その日はそこで目が覚めてしまった。

その後も夢は続き、少し成長した私が誕生日を経て婚約《こんやく》するところまで時間が進んだ。出来事に一貫《いっかん》性はなく、共通していることといえばイルヴィスに似た銀髪の少年が何度も出てくることだけ。私はその少年とそこそこ仲が良かったようで、屋敷に招かれて遊ぶほどだった。

……不思議なくらい、私にその記憶《きおく》がないのだけど。

まさかとは思うけど、私の深層心理が儚《はかな》げな美少年と仲良くすることを渇望《かつぼう》しているわけではないと信じたい。

これは、少しずつ昔を思い出しているということだろうか。

「辛《つら》いことがあったら、いつでも言ってください」

人形のように整った容姿をした少年が幼い私にそう告げた瞬間《しゅんかん》、私は強い既視感を覚えた。やっぱりこの少年は――


目を開ける。

すっかり見慣れた天井《てんじょう》に、私は大きく息を吐《は》いた。

不思議と起きてもしっかり内容を覚えていて、どれもまるで本当にあったかのようにリアルだ。というか、本当にあったことなのだと思う。

最初に夢を見始めた頃は己《おのれ》の隠《かく》された欲望《よくぼう》かと怯《おび》えたが、落ち着いて振り返ってみると、いくつか身に覚えがある行事もあった。誕生パーティーが最たる例だ。

他にも、確かにそんなこともあったかもしれない、とはっとするような記憶もあった。

……心当たりはある。ウィリアムは私が他の男の話をするのを嫌《いや》がったから、意図して思い出さないようにしていたのだろう。小さい頃の記憶なんて、何度も思い出そうとしなければすぐに忘れるものだ。

ましてや小さい頃の私は、ウィリアムの好みではないというだけで言動を変えていた。

そうしてまで気に入られようとした自分に今は腹が立つが、そのおかげで現実を突《つ》きつけられるまでは一応は幸せだったと考えると、とても微妙《びみょう》な気分になる。

……嫌なことを思い出してしまった。

「それより、あれが私の趣味《しゅみ》じゃなくてよかったわ……」

目覚めた今ならはっきりと言える、あれは間違いなくイルヴィスだ。あんな美しい子ども、間違えるわけがない。

あとでさっそくこの話をしてみよう。

「私、よくあれだけの出来事を全部忘れていたものね」

そこそこ関わりがあった人の存在をまるごと忘れるなんて、イルヴィスはよく忘れていいと言ったものだ。

公爵邸《こうしゃくてい》に来てさらに腕《うで》が上がったエマたちに身支度《みじたく》を整えてもらう。

「そうだ、この手紙のことも報告しなくちゃ」

ローズベリー伯爵家《はくしゃくけ》の紋章《もんしょう》が入った手紙を手に、私はイルヴィスの執務室《しつむしつ》に向かった。


伯爵家……というか父からの手紙の内容は、ほとんどが向こうの話で終わっていた。

ウィリアムが頑張《がんば》っているとか、妹がてんで駄目《だめ》とか、イルヴィスが派遣《はけん》した管理者が素晴らしいとか。あんなに家のことをあれこれ言っていた人たちが、他人に管理を任せているこことに笑いが込み上げてくるけど。

しかも本人たちはそのことに気付いていないときた。父は仕事が減って自分の時間が増えたと喜んでいるくらいだ。

最後に金をくれみたいなことも書いてあったが、見なかったことにする。花嫁《はなよめ》修業に行った娘《むすめ》にお金を強請《ねだ》るなんて、いったいどんな使い方をしているのか。

飛ばしながら読み進めていると、もう一つ同じ封筒があることに気づく。名前は書かれていなかったが、それが家令のセバスの字だとすぐに分かった。

おそらくこっそり紛れ込ませたものだと思われるそれには、現在の伯爵家の実情が細かく書かれていた。当主より家を気にしているいい執事《しつじ》だ。

そんなセバスによると、妹が最近荒《あ》れているらしい。

勉強を詰《つ》め込まれる上、遊びに行くのも制限されて妄想癖《もうそうへき》とヒステリーが酷《ひど》くなったそうだ。ウィリアムとも上手くいっていないようだ。仕事も他人に任せっきりで、妹は何一つ把握《はあく》していない。そろそろ何かやらかしてしまいそうで、私に気を付けて欲しいとのことだった。

(むしろよくここまでもった、という感じだけどね)

いまだに度々《たびたび》公爵邸に侵入《しんにゅう》しようとしているが、まったく手を変えていないので正直驚《おどろ》きでいっぱいだ。むしろ準備期間を貰《もら》ったように感じる。

そういえば、イルヴィスと相談してパーティーの招待状をわざわざ妹に直接届くようにしたんだっけ。それで気持ちに火が付いたのかもしれない。

ウィリアムと上手《うま》くいっていないのは、単に用済みになったからだろう。私との婚約も完全に破棄《はき》され、他人のものでなくなった。そこに継承《けいしょう》権も手に入ったのだから、妹が興味を持ち続けるはずもない。


「アメリー、ここにいたんですね。捜《さが》しましたよ」

捜していた人に声をかけられ、思わず肩《かた》がはねた。

「私もルイに用があったので、執務室に行くところだったんです」

「はは、気が合いますね。中へどうぞ」

高級感のある革のソファーに腰《こし》を掛《か》ける。

あんな夢を見た後だからか、私はついまじまじとイルヴィスを見つめてしまう。

嬉《うれ》しそうに執務室に案内するイルヴィスの柔《やわ》らかい表情は、やはり夢の中の男の子とよく似ている。

だから、全部思い出すまで言うつもりはなかったのに、私はつい口を滑《すべ》らせてしまった。

「小さい頃、どこかのパーティーで迷子の女の子を助けた記憶はありますか？」

「――――え？」

イルヴィスは真昼間にお化けでも見たような顔をした。しまったとは思うものの、ここまで来たら最後まで話した方がいいだろうと構わず続けた。

「令嬢に囲まれたところにその女の子が飛び込んできたり」

「アメリー、貴女《あなた》まさか」

「令嬢に詰め寄られているところにまたその女の子が口をはさんだり！　その子の誕生日パーティーでまた囲まれたり！　それから」

「屋敷《やしき》に呼んだその子に、婚約が決まったと言われたり？」

私の言葉に被《かぶ》せるように言われた言葉で確信する。別に疑っていたわけじゃないけど、私は本当にイルヴィスと会ったことがあるんだ。

……どうしよう。今さら現実感が湧《わ》いて、恥《は》ずかしさで気を抜けば叫《さけ》び出してしまいそうだ。

「思い出したのですね」

イルヴィスは思いのほか冷静だった。

「いえ、なんとなくこういうことがあったなあと感じる程度です」

「それで十分すぎるほどですよ」

「……意外と落ち着いているのですね？　もっと驚くかと思ったのですが」

少し肩透《す》かしされた気分だ。だが、心のどこかで安心している自分も居る。イルヴィスがちゃんと今の私を見ていると実感できるからだ。

「おや、これでも心の底から喜んでいるのですが……そうですね。以前の私であれば、もっと喜んでいたかもしれません。過去の私にとって、アメリーと共有した時間はそれだけでしたので」

「今は違うと？」

「当然です。今はアメリーとの時間を堪能《たんのう》するのに忙《いそが》しいので」

そうだ、この人はいつだって今の時間を大切にしてくれていた。

それを実感しながら、私はこれからもその時間が続くために話を切り出した。

「執務室にお邪魔《じゃま》した理由はこれじゃないんですけど、実は伯爵家からの手紙に、家令が書いたものが紛れ込んでいたんです」

イルヴィスの顔が一瞬《いっしゅん》で切り替《か》わる。

「そこには、なんと」

「妹の様子が気になると。何かやらかしてしまうんじゃないかって、私に気を付けて欲しいとありました」

「予想の範疇《はんちゅう》ですね。……よかった」

イルヴィスはわずかに安堵《あんど》したように肩をすくめた。

それはあまりに小さくて一瞬の変化だったので、じっと見ていなかったら見逃《みのが》していただろう。

「はい。それで相談なんですけど……私、前は婚約《こんやく》パーティーまでに気持ちの整理をつけると言ったではありませんか」

気持ちが少しでも伝わるように、まっすぐにイルヴィスの目を見つめる。

「そのお返事、妹の件が片付いたあとでもよいでしょうか。全部終わったあと、何のしがらみもない私でルイに気持ちを伝えたいです。……あ！　婚約パーティーはこのまま進めてほしい、です」

遠回しにいい返事を返すと伝えたものの、恥ずかしくなってどんどん声がしぼんでいく。

しかし、イルヴィスにはしっかりと意図は伝わったようで、驚いたように目を見開いて固まっていた。そのまましばらく沈黙《ちんもく》したかと思えば、今度はその白い肌《はだ》がみるみる紅潮していく。

一瞬で耳まで真っ赤になったイルヴィスは、それでも真剣《しんけん》な眼差《まなざ》しを私に向けた。

「そんなことを言われたら……期待、してしまいますよ」

「いっぱい、期待してください」

だんだん恥ずかしくなって、正直逃《に》げてしまいたかった。

「……っ！」

「えっ！　ルイ!?」

突然《とつぜん》ヒュッと息をのむ音が聞こえたと思ったら、手を強く握《にぎ》られる。片手で私の手を握りしめながら、空いた手で口元を隠《かく》すイルヴィス。小さく掠《かす》れた声で「もう、ほんとうにそういうの、やめてください」とつぶやくのが聞こえる。

そのままお互《たが》いに無言のまましばらくじっとしていると、顔の赤みが少し引いたイルヴィスが大きくため息をついて今度は両手で私の手を包み込んだ。そうなるとすでに捕《と》らわれていた手はすっぽり覆《おお》われてしまい、私は縫《ぬ》い留められたようにその場からピクリとも動くことができなかった。

「あ、あの」

放してもらおうと声をかけると、こちらに顔を向けたイルヴィスが目を丸くした。

……間違《まちが》いなく、今の私の顔は真っ赤だ。隠そうにもできず、私は視線が突《つ》き刺《さ》っているのを感じながら顔をそむけた。放してくださいと言葉を続けようとしたけど、実際に口から出たのは「あの、ルイ……ちかいです」というか細い声。

「……ふふ」

小さく噴《ふ》き出す声が聞こえたかと思えば、手の甲《こう》を指でさらりと撫《な》でられる。ひえ、と悲鳴にもならない音を零《こぼ》した私に、イルヴィスは困ったように眉《まゆ》を下げた。

「こんなに可愛《かわい》い反応をしてくれるなら、もっと早く言うべきでしたね」

イルヴィスのいっそ熱いくらいの手のひらから温度が移ったのか、私の体温も少しずつ高くなっていく。どうすればいいか分からずそのままじっとしていると、やがてイルヴィスは名残惜《なごりお》しそうにしつつもそっと手を離してくれた。

「いいでしょう、受けて立ちます。そうと決まれば、アメリーの気持ちが冷めてしまう前に、煩《わずら》わしい問題はさっさと片付けないといけませんね！」

そう言うと、イルヴィスは人払《ひとばら》いをした。

その生き生きとした表情に、なんとなく察する。熱くなった顔をやっと自由になった手で煽《あお》ぎながら、私は口を開いた。

「もしかしてですけど、ルイはもう知っているのではありませんか？　伯爵家《はくしゃくけ》が今、どうなっているのか」

イルヴィスはわかりやすく目を泳がせた。しかし私に引く気がないことを悟《さと》ると、少し緊張《きんちょう》を孕《はら》んだ声で話してくれた。

「伯爵家の状況《じょうきょう》は、管理者に逐一《ちくいち》報告させていますので。……監視《かんし》しているようで、嫌《いや》な思いをさせてすみません」

「嫌な思いなんて、とんでもないです。あんな人たち、野放しにする方が恐《おそ》ろしいですから」

当然の対応だろう。私だってそうしていただろうし。

唯一《ゆいいつ》の気掛《きが》かりと言えば、彼らの自制を忘れた生活態度がイルヴィスの耳に入ることくらいだが……特に父は公爵家《こうしやく》と繋《つな》がりを持てて、すっかり開き直っているところがある。

強欲《ごうよく》になりすぎなければいいが。

「どこまでわかっています？」

「そうですね……伯爵が裏金で賭博《とばく》していたりとか」

手遅《ておく》れだった。なんなら私より把握《はあく》している。

「いつでも罪を裁けるだけの準備は整っていますが、婚約する前に手を出してしまうと戸《こ》籍《せき》の問題でアメリーにも飛び火するんですよね」

貴族はそう裁かれることはないが、国を脅《おびや》かすほどの罪を犯《おか》したときは家門丸ごと罰《ばっ》を受ける。例えば父が闇金《やみきん》に手を出したのなら、まず伯爵家全員罪に問われるだろう。過去に借金が嵩《かさ》んで国庫に手を出した貴族が何人かいたらしく、かなり厳しく取り締《し》まられている。

だが正式に婚約すると戸籍が移動するので、そういった家門ごと裁かれる場合は対象に含《ふく》まれないのだ。

「こっそりそんなに調べていたんですか……」

イルヴィスも私にどうやって話すべきか悩《なや》んだだろう。

「婚約パーティーを荒《あ》らされるのは大変気に食わないのですが、妹君の様子を見るに乗り込んでくるのは確定と見た方がいいでしょう」

「だから妹にも招待状を出そうと言い出したんですね」

「はい。もういっそおびき出そうと思いまして。あんな不届き者を屋敷《やしき》に入れたくはないのですが、仕方ありません」

イルヴィスとしてはむしろ妹に暴れさせて、表向きはそちらの罪で裁くそうだ。そうすれば私への悪評を最小限に抑《おさ》えられるとのこと。招待客も親しい身内で固めるつもりらしい。

「小さい頃から何かと親身になってくださった方たちばかりです。信用はもちろん、妹君の件でアメリーを悪く思うような方たちではありませんので、ご安心ください」

「ルイがそう言うのでしたら、きっと優しい方たちですね」

「ふふ、そう肩肘《かたひじ》張らなくても大丈夫《だいじょうぶ》ですよ。彼らには私の片思いがバレていたので、アメリーのことも知っていますから」

「え!? でもそれって余計に緊張するんじゃ……?」

イルヴィスが親族に悪いように言われることがなさそうで、すでに私のことが知られているという点から目を逸《そ》らしてひとまず胸を撫でおろした。

「でも、せっかくのパーティーをオリビアに台無しにされるのは残念ですね……」

「ああ、聞けば妹君の招待状はすでに伯爵夫人に没収《ぼっしゅう》されたそうですよ。その状態で乗り込んできたのなら、立派な不法侵入《しんにゅう》罪です。会場に入る前に離れに連れていくことができますよ」

招待状は妹に婚約パーティーがあることを教えるために送ったものだ。その目的を果たせた以上、再送する必要はないだろう。

「はは。招待状なんてなくても来ますね、オリビアは」

妹はマナーをほとんど知らないので、思いとどまることはないだろう。伯爵家の使用人たちと連携できれば、難しい作戦じゃない。妹を隔離《かくり》したところに両親を呼び出せば、罰から逃《のが》れることはできないだろう。

「きっと妹は派手な装《よそお》いをしますよ。意図的に厚化粧《げしょう》させれば私の妹だと気づかれないかもしれません」

そうなれば妹が何か騒動《そうどう》を起こしても、それが伯爵家の人間であると招待客に知られる可能性が低くなる。イルヴィスの親戚《しんせき》にはいい印象を持ってもらいたいもの。

「わかりました。管理者にも言っておきます。確実に別人のように仕上げさせてみせますね」

そのあとは、日が落ちるまでイルヴィスと細かいところを練り直した。

妹がどんな手で来ようとも、今度はちゃんと向き合って見せる。


いつの間にか季節が変わり、風が少し涼《すず》しくなってきた。

よく晴れた空の青さが、沈《しず》みそうになる気持ちを明るくさせてくれる。

……今日のパーティーで、私とイルヴィスの婚約《こんやく》が正式に発表される。身内しか呼んでいないと言っていたが、それでも緊張はする。

普通《ふつう》ここまで華《はな》やかな婚約パーティーはそうないが、イルヴィスが張り切ってしまったせいで、もう今日が結婚《けっこん》式なんじゃないかと思うほど気合が入っているのだ。公爵家と伯爵家の懐《ふところ》事情《そんなことより》の差を改めて実感した。

閑話休題。

私はエマたちや公爵家のメイドたちに支度《したく》をしてもらいながら、今日の予定を頭の中で繰《く》り返している。

来客の顔を思い浮《う》かべながら、その名前が間違っていないかチェックする。以前ならさらりと流していた貴族も、今ではしっかり覚える必要がある。必要なことは以前よりもはるかに多い。

ここ最近のマナー講義や式の準備に明け暮れた日々を思い出し、思わず渋《しぶ》い顔をしてしまうくらいには。

「化粧が崩《くず》れるので動かないでください」

すかさず化粧をしてくれていたミラから注意が飛んでくる。

ちらりとエマの方を見ると、彼女は公爵家のメイドとともに私の衣装を整えていた。二人とも、すっかり公爵家に馴染《なじ》んでいるようで安心する。

「今日はお嬢様《じょうさま》を国一番の美人にしますよ！」

そういってエマが手に取ったのは、あのブティックで今日のためにオーダーメイドで注文したドレスだった。

プリンセスラインのふんわりとしたドレスはグラデーションになっており、薄紫《うすむらさき》から赤への変化が鮮《あざ》やかだ。ふんわりとした袖《そで》のレースは見惚《みと》れるほど繊細《せんさい》で職人の本気に気圧《けお》される。緩《ゆる》く巻かれた髪《かみ》はダリアの花で飾《かざ》られ、念入りに化粧を仕上げたメイドたちがやり遂《と》げた笑顔を見せてくれた。

「すごい……」

「アマリアお嬢様はスレンダーでいらっしゃいますので、ふんわりとしたシルエットが大変お似合いです」

「公爵様もきっと惚《ほ》れ直すに違《ちが》いありません！」

「からかわないで」

聞かれてしまったら恥《は》ずかしいという気持ちを込めてエマをにらむも、軽く流されてしまった。いつもならさりげなく注意してくれるミラも無言で、公爵家のメイドは微笑《ほほえ》ましいものを見るような目をしている。

そんな私だけが居たたまれない気持ちになっていると、部屋の扉《とびら》がノックされた。

「お嬢様、公爵様がいらっしゃいました」

ミラの言葉にうなずけば、すぐにイルヴィスが姿を現した。瞬間《しゅんかん》、メイドたちが息を呑《の》む気配がした。

「アメリー、私のレディ。迎《むか》えに上がりま、し……」

不自然に途《と》切《ぎ》れた言葉が気になって、逸《そ》らしていた視線を恐る恐るイルヴィスに向ける。白と青のフロックコートを身にまとい、いつもおろしている前髪《まえがみ》を右側だけ掻《か》きあげて横へ流している。イルヴィスはもともと色素が薄《うす》いので、今のように白をベースにした礼服を着るといっそ神々《こうごう》しさまである。

もう見慣れたと思っていたが、それは私の勘違《かんちが》いだったと分かった。かっこいいって、ずるい。

「その、とても素敵《すてき》です」

「あっ、いえ。それは私のセリフです。予想はしていましたが、今日は一段と美しく……すみません、貴女《あなた》に見惚れてしまって、気の利《き》いた言葉が浮かびませんね」

耳まで赤くなったイルヴィスを、今度こそ私は直視できなくなってしまった。

しかし、顔を逸らした先にニコニコと笑みを浮かべたエマたちが目に入り、さらに気まずくなってしまった。それはイルヴィスも同じだったようで、私たちは言葉を交《か》わすことなく部屋から飛び出した。

とはいえ気になるものは気になるので、私はバレないようにイルヴィスをこっそり見つめた。歩くたびにいい香《かお》りがして、また顔に熱が集まるのを感じる。

「ずいぶんと熱い視線ですね。溶《と》けてしまいそうです」

「き、気づいていたのですか」

「ふふ。今度こそ私に見惚れてくれましたか？」

「ええ、それはもう」

素直にうなずけば、イルヴィスは面白《おもしろ》いほど驚《おどろ》いた顔を見せた。そしてわざとらしい咳《せき》払《ばら》いをすると、顔を逸らされてしまう。まあ、その耳が真っ赤なので意味はあんまりないのだが。

ふと、イルヴィスが初めて伯爵《はくしやく》家に来たときのことを思い出した。あの日も、似たようなやり取りをした気がする。

階段にさしかかり、イルヴィスがくるりとこちらを向く。頬《ほお》の赤みはすっかり収まっており、いつものように私の目を奪《うば》う美しい姿がそこにあった。

そしてイルヴィスはとろけるような甘い笑みを浮かべると、私に手を差し出す。

「レディ、お手をどうぞ」

そのセリフに、イルヴィスも同じことを考えていたことに気付く。

「ありがたいですけど、何です？　そのセリフ」

「おや、気に入りませんでしたか？　アメリーはこういうのが好きだったと思いますが」

「時と場合と相手によりますね」

「ふふ、前にもこんなやりとりをしましたね。──今はいかがですか？」

「……いいと、思います」

「それは良かった。貴女のことをたくさん知れましたからね」

嬉《うれ》しそうに目を細めるイルヴィスに面映《おもは》ゆい気持ちになる。自分の気持ちの変化に驚いたが、それは不快なものではなかった。

イルヴィスは私に遠慮《えんりょ》して手を差し出したが、エスコートでは本来なら腕《うで》を取らなければならない。だから私は、思い切ってイルヴィスの腕に手を置いた。

……たぶん、このときのイルヴィスの顔を私は一生忘れることがないだろう。

それくらい、彼の目が嬉しくてたまらないというように輝《かがや》いていた。


「本日はお集まりいただきありがとうございます。このような宴《うたげ》を開くことができ、大変嬉しいかぎりです。本日はごゆっくりお楽しみください」

イルヴィスの挨拶《あいさつ》を皮切りに、私たちの周りに人が集まってきた。

私の方の招待客は実家だけなので、会場にいるのはほとんどイルヴィスに近しい方たちだということになる。隅《すみ》の方で両親が居心地《いごこち》悪そうにしているのが見えた。

記憶《きおく》の中の二人は威張《いば》っていることがほとんどなので、今の借りてきた猫《ねこ》のような姿に何とも言えない気持ちが湧《わ》き上がる。両親が自分より弱い人間にしか強く出られないなんて、今さらなことではあるが。

そんなことより一つ、私を驚かせたことがある。

「お二人にお祝いを申し上げます。いやあ、まさか本当に手に入れてくるとは、恐《おそ》れ入りました。はあ、その頑固《がんこ》さはいったい誰《だれ》に似たのやら……」

「ふふ、ずっと縁談《えんだん》を断り続けた甲斐《かい》があったわね」

「まったく、いきなり婚約パーティーの招待状なんて寄越《よこ》しおって。わしの腰《こし》がダメになるところだったぞ」

「あらまあ、年甲斐《としがい》もなくはしゃいだのはどなただったかしら」

「ローズベリー嬢《じょう》、あの子はちょっと強引《ごういん》なところがあるけど、いい子なのよ？　でも、何かあれば遠慮なく言ってちょうだい」

そう。イルヴィスの身内がとても好意的なのだ。私の心配をする言葉もあり、まるで家族のような温かさを持っていた。中にはイルヴィスの気持ちをずっと知っていたような方もいて、私は改めて不安がる必要なんてまったくなかったのだと少しばかり後悔《こうかい》した。

（ルイが言っていた通り、優しい人たちだわ）

……伯爵家で開かれるパーティーは、殺伐《さつばつ》とした空気の中で行われていた。互《たが》いに思ってもいない称賛《しょうさん》を並べ、腹を探《さぐ》りあう。一人だけいい思いをさせないように、足を引っ張り合うのが普通《ふつう》だった。

だから、私もそういう覚悟《かくご》をしてきたのだが――いい意味で裏切られてしまった。

イルヴィスも楽しそうに来客と言葉を交わしており、気を許しているようだ。先代公《こう》爵《しゃく》夫妻は流行《はや》り病で早くに亡《な》くなってしまっているので、彼らはイルヴィスにとって家族のような存在なのかもしれない。

（私も、そうなれるように頑張《がんば》らないと）

気づけば私も彼らとの話を楽しんでいて、イルヴィスからは聞けなかった少し恥ずかしい昔話をたくさん教えてもらった。

来客の年齢《ねんれい》層が高いせいか、私は彼らに娘《むすめ》か孫娘《まごむすめ》だと思われているらしい。いや、結婚《けっこん》するのだからそれはおおむね間《ま》違《ちが》っていないのだが。とにかく、途中《とちゅう》から緊張《きんちょう》せずにパーティーを楽しむことができた。

ファーストダンスを終え、壁際《かべぎわ》で一息ついていた私たちのもとに、エマが厳しい面持《おもも》ちでやってくる。

それだけで、何があったのかは分かった。

「あの女が現れました。言いつけ通り離《はな》れに案内していますが、そろそろ頃合《ころあ》いかと」

「……やっぱり乗り込んできたのね。ミラ、よろしくね」

「はい。お任せください」

傍《そば》に控《ひか》えていたミラは礼をすると、両親の方に向かっていった。

あんまり多くの人に教える訳にはいかなかったので、誘導役《ゆうどう》はミラに任せている。ホールから出れば衛兵が待っているので、ミラの身に危険が及《およ》ぶことはないだろう。

「来ましたか。大丈夫《だいじょうぶ》ですか？」

「はい。騒《さわ》がれる前に行きましょう」

先導するエマについて行く。主催者《しゅさい》が両方抜《ぬ》けるのは良くないが、予《あらかじ》めお色直しがあると知らせてあるから問題はない。

それでも会場を出れば、自然と急ぎ足になる。心なしか少し騒がしい気がして、つい気持ちが浮《うわ》つく。

ふいに手を強く握《にぎ》られ、思わずイルヴィスを見上げる。朝と変わらない笑みを浮《う》かべているイルヴィスは、私の緊張など見抜《みぬ》いているようだ。

「いつでも私はアメリーの味方ですよ」

そうだ。

私は、もう妹相手に卑屈《ひくつ》になる必要は無い。

相手は招待状も無いのに、公爵家の婚約《こんやく》パーティーに乱入してくるような女だ。好き勝手に振《ふ》る舞《ま》ってきた妹に、助けてくれる人はいない。いくら跡継《あとつ》ぎとはいえ、伯爵家そのものが存続の危機になれば、両親だって見捨てるだろう。

もう大丈夫だと、イルヴィスに微笑《ほほえ》み返し、今度はしっかりした足取りで離れに向かう。

今度こそ、終わりにする。あのときの惨《みじ》めで、何も言えなくて馬鹿《ばか》にされるだけだった私は、もういないのだ。


今日のために用意したとっておきのドレスをまとって、使用人に髪《かみ》とお化粧《けしょう》を整えてもらう。最近、使用人の聞き分けがいい。きっと誰が伯爵にふさわしいか分かってきたのね。

鏡に映る自分の姿に、つい胸を張ってしまったわ。だって、とっても大人っぽくて美しかったもの。わたくしが魅力《みりょく》的過ぎたせいで、使用人がみんなわたくしを見つめていたわ。

「それに対して、お母さまはなんてひどい人かしら！　わたくしを閉じ込めるなんて、許せないわ！」

招待状も取られてしまった。いくら羨《うらや》ましかったからって、ありえないわ。

まあ招待状なんてなくても、わたくしが招かれているという事実は変わらない。公爵《こうしゃく》さまがわたくしを拒《こば》むはずなんてないのだから、事情を話せば入れてもらえるはずだわ。

「オリビア様、準備は整いましたか？」

わたくしを心配したのか、公爵さまが送ってくれたという管理者……だったかしら？

その人が声をかけてきたの。

「ふふっ、貴方《あなた》の言う通りにして正解でしたわ。これなら、わたくしがみんなの視線を集めること間違いなくってよ！」

「ははっ、視線を集める、ねえ。ええ、それは間違いないでしょう」

管理者は満面の笑みでそう言ってくれたわ。

この人にはいつも馬鹿にされているようで苦手だったけど、この数日わたくしにいろいろ尽《つ》くしてくれたおかげで大好きになったわ。それによく考えたら、公爵さまが悪い人を送ってくるわけないものね！

今日のための衣装選びからお化粧まで、公爵家への行き方も全部教えてくれたもの。部屋の外に出してくれたのも管理者だから、きっと公爵さまは先を見ていたのだわ！

……それに、お父さまたちの不正の証拠《しょうこ》も渡《わた》してくれたわ。この紙束を見せれば、公爵さまはお姉さまを突《つ》き放《はな》すに違《ちが》いないわ。今までわたくしに文句を言ってきた人も、たたえてくれるに違いないわ。ああ、なんて楽しみかしら。

管理者が手配してくださった馬車に乗って、パーティーに向かう。

「失礼ですが、招待状を拝見させていただけますか」

公爵家に着けば、門番が近寄ってきた。ただでさえ足止めされていらいらするのに、門番は招待状を見せろとしつこい。忘れていた不快感が、じわじわ湧き上がってくる。

「もうっ、きちんと招待状をいただいたって言っているでしょう！」

「でしたら、それを確認《かくにん》させてください。我々は不審《ふしん》人物を通すわけにはいきませんので」

「不審ですって⁉　このわたくしを誰だと思っているのかしら……！　招待状はお母さまに奪《うば》われただけよ！」

「う、奪われた……？　そ、そうですね。でしたら、家名を教えていただければ直ちに確認して参りますので」

「えっ、そ、それは……」

思わず言葉に詰《つ》まる。

だって、だって今のわたくしは不本意ながら、お母さまから身を隠《かく》さなければならない。バレてしまったら、家に帰されてしまうもの。それでは公爵さまに会えない。

黙《だま》ってしまったわたくしに対して、門番の目線が厳しいものになっていく。その訝《いぶか》しげな目線が、いっそうわたくしをいらつかせたわ。

なんですの、なんですの！　今頃《いまごろ》お姉さまやお母さまたちはパーティーを楽しんでいるというのに、わたくしは門前払《もんぜんばら》いですって⁉

悔《くや》しい、いらいらする、むかつく！

失礼な門番に怒鳴《どな》ろうとしたとき、御者《ぎょしゃ》が門番に何かを見せた。すると、門番はわたくしに礼をした。

「これは失礼しました。話は伺《うかが》っています。あちらへどうぞ」

「え、ええ！　分かって頂けて嬉《うれ》しいですわ」

何が起こったか分からなかったが、まあどうでもいいわ。それより、あの御者はなぜもっと早く何とかしなかったのかしら。使えないわね。

再び動き出した馬車は、裏の方に進んでいった。裏門を守っていた門番は、わたくしの馬車を見るとすぐに通してくれたわ。やっとわたくしが誰《だれ》なのかが分かったようね。表の門番はクビよ。

「こちらでお降りください」

「どちらへ向かうのかしら？」

「ご案内します」

「わたくしはどこに行くのかを聞いているのですけど！」

わたくしの言葉など聞こえていないというように、出迎えの衛兵はそのまま歩き始めた。

信じられない、なんて態度が悪いの⁉　あとで公爵さまに言ってこいつもやめさせてやるわ！　こんな使用人がいては公爵家に恥《はじ》をかかせてしまうもの。

でも、今はむかついてもこの衛兵についていかなきゃならない。わたくしを気にすることなく進んでいくその姿に、浮ついた気分がどんどん下がっていく。わたくしは未来の伯爵よ！　こんな扱《あつか》いが許されるとでも思っているのかしら。

ああ、きっとお姉さまが何かやらかしてしまったんだわ。だからわたくしのことも警戒《けいかい》しているのね。はやく、はやく公爵家をお姉さまの手から救い出してあげなければ……！

だからわたくしはあんな理不尽《りふじん》な扱いに耐《た》えた。

それなのに、散々歩かせられてたどり着いたのは豪華絢爛《ごうかけんらん》なパーティーホールではなかったのよ！　目の前にあるのは、ぽつんと立っている塔《とう》のような建物だけ。汚《よご》れてこそはいないけど、ツタが壁《かべ》にたくさんついていて古臭《ふるくさ》いわ。まるで牢屋《ろうや》みたい。

「これはどういうことですの⁉」

「しばしお持ちください」

「わたくしにこんな廃屋《はいおく》に入れとおっしゃるの⁉　ふざけないでちょうだい‼　公爵さまに言いつけるわよ！」

「ですが、公爵様がここでお待ちいただくようにと」

「嘘《うそ》ですわ！　貴方、さてはお姉さまの手先ね!?」

わたくしが公爵さまの心を奪わないように、会わせないつもりね！　何て卑劣《ひれつ》な女なのかしら……！　そんなお姉さまに囚《とら》われた衛兵を救ってあげようとしたわたくしに、耳によくなじむ低い声が届いた。

「嘘ではありませんよ。それにしても困りましたね……ここまでお元気な方だとは思いませんでした」


離《はな》れの塔に向かう道中、すれ違う来客が小声で何かを話しているのが聞こえた。いわく、とんでもなく下品なドレスを着た令嬢《れいじょう》が離れの塔で騒《さわ》ぎを起こしたらしい。

「彼らが言っている令嬢、オリビアのことですよね」

「間違《まちが》いないと思います。すぐにどこの令嬢か分からないようにして正解でしたね」

さもなくば、もっとひどい騒ぎになっていたはずだ。

しかし、こんな形でも話題に上がっていれば両親の耳にも入るだろう。その令嬢が妹だと気付いたときの反応が楽しみだ。

私も性格が悪くなったものだと感心しながら、早足で本館から出る。

裏庭に差し掛《か》かったところで、耳障《みみざわ》りな甲高《かんだか》い声が聞こえた。このきんきんと頭を震《ふる》わせる声は間違いなく妹だ。

人目がないのをいいことに小走りで向かうと、案の定ヒステリーを起こした妹の姿があった。言っていることがあまりにも無茶で、止めようと近づいた私たちはしかし、揃《そろ》って絶句してしまった。

だって、妹があまりにもちぐはぐな格好をしていたのだ。

相変わらず大きく開いた胸元と背中は健在な上、ドレスは見るからに流行遅《おく》れの安物。主張の激しい真っ赤な薔薇《ばら》の刺繍《ししゅう》と気味悪く光るゴールドの生地が目に痛い。

おまけにこれでもかと盛られたリボンとフリルで、せっかくのマーメイドラインが台無しである。きつくまとめられた髪《かみ》はよくわからない飾《かざ》りで覆《おお》われ、濃《こ》すぎる化粧《けしょう》のせいで元の顔がほぼ分からない。

この格好に仕上げさせた管理者もすごいのだが、何よりこれを喜んで着た妹が恐《おそ》ろしい。

「嘘ですわ！　貴方、さてはお姉さまの手先ね⁉」

その言葉で我に返ったイルヴィスは、わずかに顔をしかめた。一歩進むごとに、周囲の温度が下がっている気がする。

「嘘ではありませんよ。それにしても困りましたね……ここまでお元気な方だとは思いませんでした」

「公爵さま！」

さらりと出た嫌《いや》みは通じない。嬉しそうにこちらを見た妹はやはりというか、イルヴィスに見惚《みと》れて固まってしまった。

……何となくそれが気に食わなくて、イルヴィスを遮《さえぎ》るように前に出る。

「あら？　なぜお姉さまがここにいるのかしら？」

「なぜって、私とルイの婚約《こんやく》パーティーだからよ。招待状に書いてあったはずでしょう」

「そのことなのですが……どうもこちらの令嬢は招待状をお持ちではないようで」

「なんと。それは本当ですか？」

「はっ、間違いありません」

「ちょっ、貴方《あなた》、何をおっしゃっているの⁉　わたくしの身分は今証明されたでしょう！」

ぎょっと衛兵をにらんだ妹の形相はすさまじい。だが、イルヴィスはそれを気にすることなく白々しい茶番を続けた。

「それはいけませんね。アメリーの実妹《じつまい》にこんなことを申し上げるのは心苦しいですが、警備上帰っていただく他ありません」

「そ、そんな！　だ、だって、さっき御者が門番に何か見せたら通してくださったのよ⁉」

「ふむ、これはまた堂々とした取引告白ですね」

イルヴィスが目を細めて冷たい声でそう言った。

「ちなみに、その御者が門番に見せたのは伯爵家の家紋ですよ。アメリーの家族を追い返すわけにもいかず、かといって招待状もなく……怪しかったので離れに案内させました」

「ですから、それはお母さまに奪われたって言ったでしょう！」

「まだお分かりではないようですが――招待状が無ければ、いかなる理由であろうと招かれざる客なんですよ」

あまりにも取りつく島もない雰囲気《ふんいき》を前に、とうとう妹が狼狽《うろた》えた。

「……いいえ、わたくしのお話をお聞きください！」

しかし、それだけで引き下がる妹ではない。分が悪いと察した妹は、再びターゲットを私に変えた。

「ふん、会わなかった間にずいぶんといいご身分じゃない！　でもいい気になれるのも今だけよ！　お姉さまみたいなわがままな女、今にでもわたくしがっ」

「黙《だま》れッ！　この恥さらしが！」

妹の言葉を遮ったのは、顔を真っ赤にした父だった。急いで来たのだろう、息が切れている。でも顔の赤みは走ったせいだけではない。

「そんな、ちゃんと閉じ込めたのに……どうやってここに？　いえ、それになんて格好を……まさか」

少し遅れて来た母は、妹の姿を見るとさらに顔色を悪くした。話題に上がっている令嬢が妹だと気付いたのだろう。

習慣とは恐ろしいもので、母は噂《うわさ》の真実を確かめることもなく顔を真っ青にして考え込んでしまった。妹の後始末ばかりしていたから、誰も暴れている令嬢の正体について話していないのに、もう噂をもみ消すことしか考えていない。

そんな両親に気付くことはなく、妹は不満そうに目を吊《つ》り上げた。

「どうしてわたくしを叱《しか》るのですか？　わたくし、何か間違ったことを言ったかしら⁉」

「オリビア！　なんてことを言うんだ！　なんでこんなふうにっ」

「何よ、わたくしが悪いとおっしゃるの？　お父さまは何も知らないくせに！　今さら真《ま》面目《じめ》ぶったって、わたくしは全部知っていますのよ！」

「はっ、お前みたいな馬鹿《ばか》に何ができるというのだ」

「わたくし、お父さまたちが怪《あや》しいことをやっているの知ってるんだから！」

場の空気が凍《こお》った。

恐る恐る父の方を見ると、紙のような顔色をしていた。これ以上ないほどの『後ろめたいことあります』の顔で、これはもう誤魔化《ごまか》しようがないなと他人事《ひとごと》のように考える。

「お、お前……ッ！　あっ、ああ、こ、公爵《こうしやく》様！　い、今のは」

「残念ですが、しっかりと聞いてしまいました」

「わ、わたくしは何も知りません！　お、オリビア、早く誤解だと公爵様に申し上げて！」

「お母さまだってそうでしょう！　ほら、ここに証拠《しょうこ》だってあるんですから！」

母の言葉ですっかり頭に血がのぼった妹は、勢いのままドレスの中から紙束を取り出した。なんてところにしまってるんだ。突《つ》き付けられたイルヴィスは盛大に顔を引きつらせて、衛兵に受け取らせた。

その隙《すき》に妹がイルヴィスに縋《すが》りつく。

瞬間《しゅんかん》、イルヴィスは嫌悪《けんお》を露《あら》わにその手を振《ふ》り払《はら》った。

「……離れていただけますかな」

感情を押し殺している声。疑問の形ではあるが、強い拒絶《きょぜつ》が込められている。それまでは一応でも柔《やわ》らかい対応をしていたイルヴィスなだけあって、より私を驚《おどろ》かせた。

その変化に取り乱していた父ですら息を呑《の》んだというのに、妹が気づいた様子はない。

相変わらず悲劇のヒロインである自分に酔《よ》っている。

「ねえ、ねえ！　公爵さまだってお嫌でしょう？」

「オリビア、はしたないわ。離れなさい」

「ほぉら、お姉さまは自分が気に食わないことにはすぐ口を出すんだから」

「私は嬉《うれ》しいですけどね。やきもちなんて、可愛《かわい》らしいじゃないですか」

「違《ちが》いますそうじゃありません」

イルヴィスは蕩《とろ》けそうな笑みを浮《う》かべたまま私を抱《だ》き寄せた。恐ろしい切り替《か》えである。

顔に熱が集まるのを感じたが、今にも飛びかかって来そうなほどの殺気を送ってくる妹の視線に冷静になる。

「だいたい、お姉さまはわたくしと違って美人でもないし、可愛げもないじゃない！　爵《しゃく》位《い》だってない！　しかも婚約者《ウィリアムさま》にだって捨てられているんですのよ⁉」

そこまでまくし立てると、妹は嗤《わら》った。嫌みったらしく吊り上がった目は、私に元婚約者を寝《ね》取ったと告げた日とまったく同じだ。

「そうそう！　最近ウィリアムさまと過ごすようになってわたくし、あの人って面倒《めんどう》くさいって初めて分かったわ。なにより頼《たよ》りないですし、すぐに流されるしでもう面倒くさいのよ！」

お姉さまはそんな男にすら捨てられる女だ、という声が聞こえた気がした。腰《こし》に回されたイルヴィスの腕《うで》に力が入ったのを感じる。

（人を、まるで自分のおもちゃのように……）

優越感《ゆうえつ》に浸《ひた》るために散々嫌がらせをしておいて、都合が悪くなったらすぐに現実から目を逸《そ》らす。自分の欲求《よっきゅう》に忠実で、そのためなら何でも許されるとでも思っているのか。

憤《いきどお》りが激しい波のように全身に広がり、声を荒《あら》らげそうになってしまったとき。空気がピリピリと緊迫《きんぱく》したものに豹変《ひょうへん》した。背筋がぞくりとして怒《いか》りがしぼむ。

恐る恐る隣《となり》を見上げれば、そこには表情をごっそり落としたイルヴィスがいた。

「お言葉ですが、それでは貴女《あなた》はどうなのでしょう」

「えっ？」

そう問いかけたイルヴィスの声は無機質で、氷の方が温かいと思えるほどに冷たい。

「貴女の言葉通り、ウスターがそれほどにつまらない男であるなら。そんな男のために姉を押しのけてまで婚約者の座を手に入れた貴女に、どれほどの価値があるというのでしょう」

その言葉にびくりと肩《かた》を揺《ゆ》らす妹。それでも、必死に言いつのった。

「わ、わたくしはウィリアムさまに騙《だま》されていただけですわ！」

「おや、最近よくその言い訳を聞きますね。流行《はや》っているのでしょうか」

イルヴィスはすっと目を細め、口元にゆるりと笑みを浮かべていた。それは一見、見入ってしまうような妖艶《ようえん》さをまとっていたが、その目は一切笑っていない。

「そうでなくても、婚約者を貶《おとし》めるような女性は願い下げです。アメリーは裏切られたときでも、健気に我慢しようとしていましたよ。……妬《ねた》ましいことに」

「っ、なによ、なによ何よ何よッ!!　なんでみんな揃《そろ》いも揃ってお姉さまばかり褒めるの!!　ウィリアムさまも、公爵さまも、先生も使用人たちもっ！」

とうとうイルヴィスの前でも取り繕《つくろ》うことをやめたのか、妹は顔を真っ赤にしてヒステリックに叫《さけ》んだ。

「絶対にわたくしの方が賢《かしこ》いし、可愛くて綺麗《きれい》で優しいのに!! 未来の伯爵《はくしゃく》にこんな仕打ちが許されると思っているのッ!?」

「オリビア。自分を未来の伯爵だと思うのなら、なぜそれにふさわしい行動をしないのかしら。いつも貴女は理由をつけて逃《に》げてばかりじゃない」

「そんなの、わたくしがわざわざやらなくてもいいからよ!」

「違うわ。オリビアは本当の自分を見たくないだけよ」

言葉に詰《つ》まった妹は、肩を震《ふる》わせながら私をにらむ。はくはくと口を動かしていたが、結局紅が塗《ぬ》りたくられたそこから言葉が発せられることはなかった。

「何もしないうちは自分が一番だと思える。嫌なことは全部他人のせいにすれば、辛《つら》い思いもしない。そうでしょう?」

「そ、そんなことっ」

「満足した? 人の婚約者に手を出しておいて、もっと素敵《すてき》な人を見つけたらあっさり捨てる。思い込みでここまでできるんだから、そこだけは尊敬できるわね」

「うるさい、うるさいっ! このッ」

言い繕うことを諦《あきら》めた妹は、髪《かみ》を振り乱しながら私に向かってくる。

そして手を振り上げ――

「未来の公爵夫人に手をあげるとは、いったいどういうつもりでしょうか」

「いっ！　は、離《はな》してください！　公爵夫人なんて、わたくしは認めませんわ！」

　イルヴィスに阻《はば》まれた。

　妹は必死に身をよじって逃《のが》れようとしている。

「過度な思い上がりはやめていただきたいものですね」

「離してっ！　わたくしが伯爵になったら、後悔《こうかい》させてあげますわ！」

「……これは驚きです。まだご自分が伯爵家を継《つ》げるとお思いでいらっしゃるのですか」

　困惑《こんわく》した妹は、少しだけ落ち着きを見せた。

　その隙を見て、イルヴィスは存在感を必死に消していた衛兵に目配せをする。

「今の貴女方にはいろんな容疑がかかっています。不法侵入《しんにゅう》、違法賭博《いほうとばく》、裏取引……伯爵家の者じゃなければ今頃牢屋《いまごろろうや》の中ですね。こんなにもいい証拠を自分から持ってくるなんて」

「えっ、ろ、ろうや？　話が違いますわ！　わたくしは何も知らないわ⁉　伯爵家に来た管理者に騙されたの！」

「真実は詳《くわ》しく調べれば直ちに分かります。この者たちを取り押さえろ」

「っ痛いわ！　触《さわ》らないでちょうだい！」

「こ、公爵様⁉　こ、これは何かの誤解です！」

「きゃぁ！　やめてください！　これは何かの間違《まちが》いです！」

慌《あわ》てて弁明しようとした両親は、妹とともに控《ひか》えていた衛兵に取り押さえられた。血走った目で必死にイルヴィスに縋ろうとする父から目を逸らし、妹を見る。

「最後に言っておくけど、私は貴女に認めてもらう必要はないわ。貴女がどんなに悔《くや》しかろうと、気に食わなかろうと私には関係ないのよ」

自分とよく似た顔が目も当てられないほどに醜《みにく》く歪《ゆが》む。本当に、私はどうしてこんな女に怯《おび》えていたんだろう。

それだけ言うと、私は妹に背を向けた。話が終わったと判断したイルヴィスが命令を出す。

「この件は王に相談した後、追って処置を言い渡《わた》します。彼らを離れに隔離《かくり》しておいてください」

「はっ！」

「わ、わたくしをどうするつもりですの⁉　い、いやよ！　離しなさい！」

それっきり、イルヴィスがもう一度妹と両親を視界に入れることはなかった。

抵抗《ていこう》する彼らは、そのまま犯罪者のように連行されていく。特に泣きわめいている妹の顔は涙《なみだ》で大変なことになっていた。暴れた際に髪はぐちゃぐちゃになり、ドレスは土で汚《よご》れている。妹は、彼女があの日嘲笑《あざわら》った私よりもはるかに惨《みじ》めな姿を晒《さら》していた。

「アメリー。そろそろ着替《きが》えませんと怪《あや》しまれますよ」

「――はい、今行きます」


私は、おそらく生まれたその瞬間《しゅんかん》から『女難』というものがあったのだと思う。

女受けのいい容姿に、ランベルト公爵《こうしゃく》家の嫡男《ちゃくなん》という地位。それに加えて、与《あた》えられた課題は何でもそつなくこなせるだけの要領の良さもあった。

だが、そんな私でも『全部持っている』とは言い難《がた》かった。

もちろん個人の能力だけを見れば、私は限りなく恵《めぐ》まれていると言えるだろう。しかしそれは、次期公爵としてであり、むしろそれと引き換《か》えだとでも言うように不幸はあった。

始まりは、私が生まれたときのことだった。

それまで病気知らずの母は、私を産んだ直後に体調を崩《くず》した。結局母が回復することはなく、私が一歳になるのを待たずに亡《な》くなってしまう。

物心がつく年齢《ねんれい》になると、母がいない私を勝手に憐《あわ》れんだメイドたちがやたらと構ってくるようになった。最初こそは、それが純粋《じゅんすい》な心配からきている行動だと思っていた。仕事で忙《いそが》しい父を引き留めることはできず、人恋《こい》しかった私にはありがたかったのだ。

しかしそんな夢想も、一番仲の良かったメイドが私の婚約者のように振《ふ》る舞《ま》ったことで粉々に砕《くだ》け散った。そのメイドは当時六歳の私と年が近く、よく話をしていた。それが、夢見る少女に勘違《かんちが》いさせてしまったのだろう。

その件は乳母《うば》が上手《うま》くおさめたが、それからメイドたちの態度が変わり、みんなが何かを期待するような目を私に向けてくるようになった。そこで初めて、私は彼女たちがイルヴィス・ランベルトを見ていたのだと気付いたのだ。

自力でメイドたちをあしらえるようになった頃。今度は、今までずっと私を守ってきた乳母の様子がおかしくなってしまった。

『どうして私の手から離れていくのですか⁉　坊《ぼっ》ちゃまはずっと私に守られていればいいんですよ。坊ちゃまも母のようだと言ってくれたじゃないッ！』

私の中で何かがガラガラと崩れていく音がした。

騒《さわ》ぎを聞きつけた父によって乳母は捕《と》らえられたが、壊《こわ》れた大事な何かが戻《もど》ることはない。乳母を母のように慕《した》っていた私にとって、彼女の変貌《へんぼう》は世界がひっくり返るほどの衝《しょう》撃《げき》だった。他人に心を預けてはいけないと痛感した。

この日から、私は女性のことがすっかり苦手になってしまった。

その事件から一年後、父が亡くなった。疲労《ひろう》と心労が祟《たた》ったらしい。今度こそ私は一人になった。だが私には悲しみに暮れる時間はない。公爵領を狙《ねら》っているやつらに、隙《すき》を見せてはいけないのだ。

信頼《しんらい》できる身内の助けもあって、なんとか無事に就任パーティーを開くことができた。隙を見て一息をつこうとしたところで、どこかの貴族が連れてきたメイドに物陰《ものかげ》に連れ込まれてしまった。

鍛《きた》えてはいたけど、意表をつかれたせいでろくに抵抗ができなかった。本格的に身の危険を感じたとき、誰《だれ》かがこちらに近づいてきた。

「おかあさまー！　どこですかー？」

その声に、びくりと肩《かた》がはねたメイドはそそくさとどこかへ逃《に》げていった。

子どもとはいえ、声の主は令嬢《れいじょう》だ。また色目を向けられるのは嫌《いや》だったが、助けてもらった身としては、このまま迷子になったであろう令嬢を見て見ぬふりはできない。

「会場は向こうですよ」

「わっ！　び、びっくりしました……」

それはこっちの台詞《せりふ》である。

身構えていた割に、すんなりと会話することができた。少女は終始礼儀《れいぎ》正しく、最後にはありがとうと頭を下げた。

「みちをおしえていただき、ありがとうございました」

初めて女性と普通《ふつう》にやり取りをした。少女は一度も色目を使うことがなかった。

「いえ、こちらこそありがとうございました」

令嬢は不思議そうな顔をしたが、すぐに会場に向かっていった。

……彼女はきっと、迷子になって余裕《よゆう》がなかったんだ。だから、変な期待はするべきではない。

学習しない感情を忘れるように、私は早足で会場に戻った。

しまったと、誰もいない庭で小さく舌打ちをする。

友人がいないことを心配されて渋々《しぶしぶ》参加した茶会だが、案内された場所にはテーブルどころか人気《ひとけ》もない。目の前の異常に着飾《きかざ》った令嬢を除いて。予想通り婚約《こんやく》者にしてほしいと詰《つ》め寄ってきた令嬢を振り払《はら》うのは簡単だが、泣かれでもしたら面倒《めんどう》くさいことになる。

「二人とも迷子ですか？　私と一緒《いっしょ》に行きましょう！」

突然《とつぜん》割り込んで来たのは、焼きたてのパンのようなふわふわな茶髪《ちゃぱつ》に、宝石のようなエメラルドグリーンの瞳《ひとみ》をした令嬢だった。彼女があのパーティーで迷子になっていた令嬢だと、すぐに気が付いた。

「何よ貴女《あなた》！　私の屋敷《やしき》ですもの、知っているに決まっているわ！　ふんっ、どいて！」

「……罪悪感があるならやらなければいいのに」

抜《ぬ》け駆《が》けをしているのを咎《とが》められたと思ったのだろう。早足で逃げるように消えた令嬢が見えなくなると、彼女は小さくそう言った。助けに来てくれたらしい。

女の子のそんな反応を見たのは初めてで、心が浮《う》き立つのを感じる。とっくに諦《あきら》めていたはずなのに、今度こそという期待が顔を出す。

「ありがとうございます。おかげで助かりました」

「いいえ、私も以前助けていただいたので。迷子ではないようで残念です」

彼女が私のことを覚えていたことが嬉《うれ》しくて顔が緩《ゆる》んでしまう。なんだかこのまま別れるのが惜《お》しくなって、思わず引き留めてしまった。

「実は！　この屋敷に来るのは初めてで！　その、もしよければ会場まで連れて行っていただけませんか」

「ごめんなさい、私もここに来たのは初めてで」

撃沈《げきちん》した。それはそうだ、彼女も招待客だったのだから。

「そうだ、探検でもしましょう！」

それに頷《うなず》けば、彼女は嬉しそうに笑って私の手を引いて歩きだした。なんの下心もなく触《ふ》れた手に、いつものように嫌悪《けんお》を感じることはなかった。

そっとその手を握《にぎ》り返せば、心が満たされていくことに気が付いた。

この日から、彼女は私にとって大切な存在になったのだ。

そんな彼女の名前はアマリアで、ローズベリー伯爵《はくしゃく》家の長女だった。

毎日でも彼女に会いたかったが、まだお互《たが》いの家を行き来するほどの仲ではないと自覚している。だから彼女が居そうなパーティーを見つけては片《かた》っ端《ぱし》から参加したのだが、久しぶりに囲まれてしまった。

令嬢たちに触れられるたびに悪寒《おかん》がする。だが、私は弱みを見せるわけにはいかない。

ぎゅっと拳《こぶし》を握りしめたそのとき、他の令嬢と違《ちが》って柔《やわ》らかく落ち着いた声が聞こえた。

「みなさん、もしかして迷ってしまいましたか？　公爵《こうしゃく》家は広いですからね。よろしければホールまでお連れしますよ？」

助かったとこっそり息をつく。振り返れば、やはりアマリアがそこにいた。

……毎度助けて貰《もら》ってなんだが、彼女のレパートリーには『迷子』しかないのだろうか。

でも、アマリアの声にこわばっていた体から力が抜けていくのも事実で。

「な、なによ貴女！　失礼ね！」

「ごめんなさい！　先ほど王太子殿下《でんか》がいらしたので、みんな会いたいのではと」

「殿下が⁉　そういうことは早く言いなさい！」

アマリアが言い終わるのを待たずに、令嬢たちは急ぎ足で去っていく。

自信満々に振り返るアマリアがおかしくて、でも、その笑顔を守れるようになりたかった。そう考えて、私はすぐに彼女が好きなんだと気づいた。

それからも何度かアマリアに会え、少しずつ仲良くなっていった。彼女のことを知っていくたびに、好きなところが増えていく。誕生日パーティーに招待されたときには、招待状を抱《かか》えて眠《ねむ》ってしまった。

私はアマリアがいると周りが見えなくなるらしく、パーティーでいつになく可愛《かわい》いアマリアを見つめていたらまたしても令嬢に囲まれた。

そして今回も助けてくれたアマリアに、自分の気持ちを隠《かく》してプレゼントを渡《わた》す。彼女は今日で十になった。私とは五つしか違わないし、伯爵と公爵なら十分に釣《つ》り合う。

……私の婚約者に、なってくれないだろうか。

他の誰かにベタベタ触《さわ》らせないでほしいし、目を見て笑ってほしい。他の男より、私の名前を先に呼んでくれるといいのに。

とはいえ、強制したいわけじゃない。アマリアに選んでもらえた方がずっと嬉しいし。

でも公爵家からの書状ではアマリアが断れなくなってしまうから、その前に会ってお話をしておこう。

それからそわそわとタイミングを窺《うかが》っていた私はすぐに、早く言わなかったことを後悔《こうかい》することになる。

ようやく公爵家に招いたアマリアが、私が切り出す前に可能性をなくしたのだ。

「私にね、婚約者ができたのよ！」

それから、彼女の話は一つも頭に入って来なかった。

幸い話に夢中だったアマリアは気づいていなかったが、私の顔はきっと強《こわ》ばっていただろう。彼女の気持ちなんて無視して、勝手に婚約を決めてしまえば良かったのか？

まだ遅《おそ》くない。今からでも相手に圧をかけてと思ったけれど、目の前で嬉しそうに笑っているアマリアを見てしまえば、何もできなかった。

やっぱり他人の気持ちに期待なんて、するべきじゃなかったのだ。


「──まあ、そんな簡単に諦められるのでしたらそもそも好きになってませんが」

結局、私は十年も実る可能性がない想《おも》いを抱《いだ》き続けた。

アメリーが少しも私のことが好きじゃなくて振《ふ》られるのなら、まだ諦めがついた。でも、そうじゃない。そうじゃなかった。先に動けていたら、アメリーは同じように私を好きになっていたかもしれないと思うと、もう駄目《だめ》だった。

だからこそ、奇跡《きせき》のようなこの機会を必死につかんだ。おかげで格好悪いところもかなり見せてしまって、幻滅《げんめつ》されないかと不安になったことだって何度もあった。こうしてローズベリー伯爵家の報告書を確認《かくにん》してやっと、これは都合のいい夢じゃないのだと実感が湧《わ》く。

明日《あした》には報告するとアメリーとあらかじめ約束してある。彼女も何か話したげにしていたので、もしかしたらこの間の続きかもしれないな。

アメリーが昔のことを思い出したことは嬉しい誤算だが、たとえ全部忘れたままだろうと私の愛は変わらない。彼女も同じ気持ちだと嬉しいのだが――

今度こそ、期待してもいいのだろうか。

終章――その物語は幸せな結末となり得るのか

大変な騒動《そうどう》があったものの、私たちの婚約パーティー自体は無事成功したといえる。

幼いころから悩《なや》みの種だった家族との関係はすべて見直され、私にとって大変いい転機となった。とはいえあんな大きなパーティーの主催《しゅさい》は初めてだったので、その夜気絶するように眠ってしまったけれど。

ただイルヴィスがかなり張り切ったせいで、事態は一瞬《いっしゅん》で解決してしまった。私が状《じょう》況《きょう》を把握《はあく》したときにはすべてが終わっていたのだ。

聞けば、表向きには妹は重病で外に出られなくなったことにされたらしい。そして、それを心配した両親が私とイルヴィスにすべてを託《たく》し、妹とともに辺境に行ったという、美しい家族物語ができていた。

もちろん、実際はそんな物語とは真逆の状態だ。

両親は監視《かんし》付きではあるが、一応は人間らしい生活ができるだろう。辺境の鉱山で重労働することになり耐《た》えきれるかという疑問は残るが、二人は法を犯《おか》したのだから仕方ない。

それよりも私が驚《おどろ》いたのは妹の処置だ。

（ラインベルンの修道院って、過酷《かこく》で有名なところじゃない）

ラインベルンの修道院は国の最北端《さいほくたん》にあり、冬は信じがたいほどの極寒《ごっかん》らしい。あそこはもともと問題を起こした貴族のために造られた場所で、更生《こうせい》所とも言われているほど厳しいところと聞く。妹は、そこへ送られた。

確かに私も一度くらいは妹に痛い目にあって欲しいと思っていたが、まさかこんな形で現実になるとは思わなかった。

（オリビアにはそれくらいがちょうどいいのかもしれないわね）

ついでに、妹の修道院入りに合わせて、ウィリアムとの婚約《こんやく》も当然ながら破棄《はき》された。

しかも今回の件を聞いたウスター侯爵は激怒《げきど》して、あの男を除籍《じょせき》して追い出したらしい。

私のもとには侯爵から大量の詫《わ》びの品が届いており、「愚息《ぐそく》が取り返しのつかない過《あやま》ちを犯してしまった。しかと罰《ばつ》を与《あた》えたので、アマリア嬢《じょう》さえよければ今後も仲良くしたい」という手紙も頂いた。

ウスター侯爵は嫌《きら》いではないし、あのとき元婚約者があんなに暴走したのは、おおかた妹が焚《た》き付けたからだ。妹は私とイルヴィスを邪魔《じゃま》したくて適当にウィリアムを言いくるめたのだろうが、あれはむしろ変に暴走してくれたおかげで助かった。

とはいえ、これは貸しを作りつつも関わりを持てるいい機会だ。これからイルヴィスにも話して和解の手紙を出すつもりだ。

「ついにこのときが来てしまった……」

いつもより大きく見えるイルヴィスの執務室《しつむ》の扉《とびら》の前で、私は大きくため息をついた。

実家のこれからを相談するために時間を空けてもらったのだが、私もこの機にイルヴィスへの気持ちを打ち明けるつもりだ。何回もイメージトレーニングをしたが、だからといって緊張《きんちょう》しないわけではない。

「アメリー？　そんなところで立っていないで、どうぞ入ってください」

「ひゃい！」

突然《とつぜん》中から声をかけられて、思いっきり変な声が出てしまった。もうこれ以上ためらっていても仕方ない。私は覚悟《かくご》を決めて扉を開けた。

中に入れば、イルヴィスはデスクから離《はな》れて、休憩《きゅうけい》用のソファーに腰《こし》を掛《か》ける。私は少し迷って、隣《となり》ではなく対面に座った。こちらの方が話をしやすいからで、別に他意はない。

イルヴィスは文句を言いたげだったが、それが言葉になることはなかった。

「それで、ご家族の顚末《てんまつ》はもう知っているんですよね？」

「はい。頂いた書類にはすべて目を通しました」

とても分かりやすい報告書だったが、いかんせん簡潔すぎる。意図的に情報が減らされているようで、両親たち以外のことはまったく書かれていなかった。

イルヴィスの気遣《きづか》いだろう。確かにこのまま知らない方が幸せかもしれないが、生まれた時から私は後継者《こうけいしゃ》だったんだ。そんな無責任なことはしたくない。

使用人や領民たちに罪はないのだ。決めたからには最後まで向き合いたい。

「父は裏金で違法《いほう》な賭博《とばく》をしていたのですよね？　母も黒でしたし、普通《ふつう》なら爵位剥奪《しゃくいはくだつ》の上領地も取り上げられるはずです。それなのに、頂いた書類にはそんなこと一つも書いてありませんでした」

それどころか我が家の噂《うわさ》は、ほとんどが妹に関係していた。歴史ある伯爵《はくしゃく》家の不祥事《ふしょうじ》なのに、あまりにも静かすぎる。まるでなかったことにされているようだ。

「この件は私の伝手《つて》で内密に処理させていただきました。せっかくご両親の努力で秘密が守られていたんですから、わざわざ弱みを作る必要はありませんよ」

「はは。まさかウィリアムとオリビアの件も漏《も》れてないとは思いませんでした。都合はよかったですけど、どうりで家計が苦しいわけですよ」

口止めのたびに大金が動いていたんだから、いったいいくら使ったんだろう。

「そういうわけで、藪《やぶ》をつついて蛇《へび》を出すと言いますか。正面から攻撃《こうげき》するとこちらにも被害《ひがい》が来るんですよね、困ったことに」

そう言うと、イルヴィスはまったく困っていない様子でお茶を飲んだ。

「なるほど。それで重病で外に出られなくなったオリビアの心配をした両親が私たちにすべてを託し、三人で辺境に行ったという美しい家族物語ができていたのですね」

「おや、耳が早いですね。私にはお話を作る才能もありますね」

「調子がいいですね……。でも、それでは伯爵家当主の座が空席では？」

これは私が一番聞きたかったことだ。あの人たちを許すつもりはないが、伯爵領を見捨てたくない。頑張《がんば》っていた使用人たちが職を失って路頭に迷うのは違《ちが》う。

「ローズベリー伯爵領は一時的に私の管轄《かんかつ》下に入ることになりました。実際に運営するのは私が派遣《はけん》した管理者ですが、使用人は本人から申し出がなければそのまま働いて頂いています」

「一時的、ですか？　形だけでも残るのは嬉《うれ》しいのですが、ずっと領主がいないのでは領民が困りませんか？」

「伯爵家に分家はなかったようですから、私たちの子どもに継《つ》がせようかと思いまして。ちゃんと陛下から許可もとってきましたよ」

「こっ⁉」

思わず声がひっくり返ってしまった。

いや、確かにいい考えではある。私が管理できたら一番いいのだが、公爵夫人と伯爵家当主という地位は同時に就《つ》くことができない。貴族のパワーバランスが崩《くず》れるからだ。

過去の私の生きる意味でもあった伯爵位を手放すのは寂《さび》しいが、それ以上に私の中でイルヴィスの存在が大きくなっていた。それに手放すと言っても他人の物になるわけではなく、私たちの子どもに受け継がれる。ならば、これに勝《まさ》る結末はない。

……ただ、突然言われると照れるというか！

「まさかと思いますが、ここまできてまだ私の気持ちを疑うというのですか」

「い、いえっ！　それはこの上なく身に染《し》みております！」

「いいえ、まだ私がどれだけ貴女《あなた》のことが好きか分かっていません！　いい機会です。以前は気遣って遠慮《えんりょ》しましたが、今度こそ私の気持ちを聞いてもらいますよ」

ごく自然な動きで手を取られる。大変よろしくないスイッチを押してしまったようだ。

「まず、私の言葉にいちいち動揺《どうよう》するところが好きです。責任感が強いのに脆《もろ》い部分がある。けれど、簡単に誰《だれ》かに縋《すが》ったりしない」

「ちょ、ちょっと待ってください！」

「それが悔《くや》しかったりしますが、だから真剣《しんけん》に私の気持ちと向き合おうとする姿がたまらなく愛《いと》おしいんです。今も嫌《いや》なら私の手を振《ふ》り払《はら》って逃《に》げればいいのに、真っ赤になっても耳を傾《かたむ》けてくれる」

「っ、ルイ！　お願い、もう許して。手を離して……！」

さっきまでの重たい空気が一気に甘いものになる。

イルヴィスの甘い言葉には、慣れてきたつもりだった。でも、所詮《しょせん》ただの『つもり』だと思い知らされる。

「目を逸《そ》らさないでください。アメリーは私をどう思いますか？　いい加減、貴女の気持ちも聞かせてほしいです」

そう言ったイルヴィスは捨てられた子犬のような表情をしていた。だいぶ待たせている自覚がある分良心が痛む。ただの罪悪感じゃない、すっかり芽生えた気持ちがあるからだ。

(そうよ、私もそのつもりで来たじゃない。ここまで言ってもらえて、逃げるわけにはいかないわ)

もうほとんど平常心はない。顔に熱が集まるのを感じて、少し下を向く。

そんな私の反応を良しと受け取ったイルヴィスは、それはそれは嬉しそうに笑った。

その笑顔に背中を押されて、私は意を決して口を開く。

「私、ずっと小さい頃は嫌なことしかないと思っていたんです。ずっと他人のために生きていたようなものでしたし、素《す》の私じゃあ誰からも好かれないって思っていました」

イルヴィスは否定しようとしてくれたが、それを笑顔で押しとどめる。もうそれは過去の私で、この人のおかげで変われたのだ。

「だから、ルイの言葉は私の勇気になってくれました」

おそらく最初に会ったときから、私は少なからずイルヴィスに惹《ひ》かれていたと思う。それでもずっと目を逸らし続けていたのは、一度結婚《けっこん》間近の婚約者に裏切られたからだ。妹による寝取《ね》りは、過ぎたことだと割り切った。それは自信をもって言えるけど、でも。私は、簡単にイルヴィスを信じることができなかった。

大きく深呼吸して、まっすぐイルヴィスを見つめ返す。その熱を帯びた目に見つめられているだけで、私の不安が消えていくのが分かる。今となっては、信じられないと怯《おび》える自分を叱《しか》ってやりたいくらいだ。

「待たせてしまってごめんなさい。私もルイのことが好きです」

一緒《いっしょ》に過ごすうちに、イルヴィスが本当に私のことを好きだと理解した。

だって、だって。イルヴィスが私と一緒にいるときの顔が、あまりにも幸せそうだったから。この人と未来を一緒に進んでみたいと、そう思ってしまった。

いつか年を重ねたそのときは、今度こそ、二人で昔の話をしてみたいのだ。

「――――っ」

イルヴィスが息を呑《の》む音が聞こえた。がばっと立ち上がったかと思えば、私の隣に座りなおす。

ふいに引っ張られる。引き寄せられて、気づけばイルヴィスの胸が目の前にあった。しっかりとした腕《うで》が背中に回り、強く抱《だ》きしめられる。ぎゅっと締《し》め付けてくる腕のせいで、イメージトレーニングしてきた言葉が全部吹き飛んでしまった。

しばらくそうした後、イルヴィスは深く息を吐《は》いて離れた。ぬくもりが消えるのが寂しいなんて、つい考えてしまう。

「私も好きです。心の底から愛しています、アメリー」

わざわざ目線を合わせて告げられた言葉。それだけで胸がいっぱいになって、涙《なみだ》が溢《あふ》れそうになってくる。そんな私の唇《くちびる》を親指で撫《な》で、イルヴィスは続けた。

「私と、結婚してください」

あまりにも単調な言葉。

だけど、蜂蜜《はちみつ》に砂糖を混ぜ込んだような甘やかな声に、思考力を完全に奪《うば》われる。今までのアレは、私を気遣《きづか》って手加減していたのではないかとすら思う。

私を見つめる瞳《ひとみ》は真剣で、その涼《すず》しげなアイスブルーからは考えられないほどの熱を感じる。お互《たが》いの呼吸音すら聞こえてしまいそうなほど静まり返った部屋の中で、自分の異常に早い心臓の音が嫌でも耳に入った。

数秒かけて我に返ってから、小さな声で訴《うった》える。

「もう、婚約《こんやく》したのに」

「やっと返事をもらえましたので、今が正規のプロポーズです」

「何を言っているんですか。今までは冗談《じょうだん》だったのですか？」

「違います！　どれも本気でした。今のは言葉のあやといいますか」

慌《あわ》てて取り繕《つくろ》う姿が珍《めずら》しくて、思わず笑ってしまう。からかわれたのだと気づいたイルヴィスは、拗《す》ねたように眉《まゆ》をひそめた。

「……ふふ。なんだか夢を見ているようで、現実味がないですね」

「夢などにさせませんよ。やっと貴女を手に入れたのに、もう二度とあんな思いをしたくありません」

まるで宝物でも扱《あつか》うかのように、優しく頬《ほお》を包み込まれる。いつの間にかこぼれていた涙を優しく拭《ぬぐ》われ、そのあまりの慎重《しんちょう》さになんだか笑ってしまった。

こつんと額を合わせて、吐息《といき》がかかる距離《きょり》でささやかれる。

「本当に、私の妻になっていただけるのですね？　もう放してあげられませんよ？」

「はい。望むところです」

間を置かずに答えた私に、イルヴィスは一瞬《いっしゅん》目を丸くする。

「——ああ。これでやっと、私だけのあなただ」

そして、花が咲《さ》くように頬を緩《ゆる》ませたのだった。

イルヴィスは私の頬に手をあてがったままゆっくりと顔を傾けた。少しだけ見つめあって、どちらともなく近づく。

近くにイルヴィスの温度を感じながら、私はそっと目を閉じた。

書き下ろし番外編

幸せな夜をあなたと

「……なんだかあの月が宝石に見えてきました」

「一日中じっと指輪のカタログを見ているからですよ」

月が綺麗な夜。

私とイルヴィスは、変わらずガゼボでワインを飲みながら話を楽しんでいた。

テーブルの上には何枚もの紙が広げられており、そのすべてに指輪の絵が描《えが》かれている。

これらは全部、ここ一週間の間に私とイルヴィスが厳選した結婚《けっこん》指輪のデザイン案だ。

普段《ふだん》のアクセサリーとは違《ちが》い、結婚指輪はたった一度きりの大事なものだ。しかもイルヴィスが呼んだのはみな有名なデザイナーばかりで、どの案も素敵《すてき》で私の目には眩《まぶ》しすぎた。一度いいなと思っても、時間を置けばまた別のデザインに目が行く。

そんな調子が七日も続けば、いよいよ頭が回らなくなってくる。むしろ何十もあったデザインからたった五案まで絞《しぼ》り込めただけでも頑張《がんば》った方だと思う。

連日の気疲《きづか》れが溜《た》まったのか、イルヴィスと指輪のデザインを見ながらも私は睡魔《すいま》に襲《おそ》われていた。

「眠《ねむ》そうですね。デザインは確認《かくにん》しておきますから、今日はもう休みますか？」

「いえ、このままゆっくりしていたいです」

パーティーでイルヴィスと出会った夜から季節も一巡《いちじゅん》し、私たちはお互《たが》いに仕事やら結婚式の準備やらに追われていた。それだけ、公爵《こうしゃく》の結婚式は国にとっても一大イベントなのだ。

だから、お互いに落ち着いて話せるこの時間を大切にしたい。私は眠くならないようにちびっとワインを口に含《ふく》んだ。

「ふむ。こちらは飾《かざ》りが美しいですが、あまり結婚指輪にふさわしいとは言えませんね……あ、こちらは色合いがいいですね」

「確かにそうですね。でも、こっちの花のモチーフも可愛《かわい》らしいんです……」

過度に華《はな》やかなものを除いていって、イルヴィスは最後の一枚に目を留めた。私の本命でもあるデザインだ。シルバーのリングがどことなくイルヴィスを連想させるのだ。

「おや、こちらのペアになってるデザイン、いいですね。使われている宝石もエメラルドとブルーダイアモンドで、私たちの瞳《ひとみ》の色と同じだ」

イルヴィスは私の隣《となり》に座り、優雅《ゆうが》に指輪のデザインを見ている。

「実は私もそれが一番しっくりきたんです」

「では明日《あした》、この案を考えたデザイナーを呼んで詳《くわ》しく話をしましょうか」

「……相変わらず話が早いですね」

「ふふ、そういうわけですので、今日はもうそれを飲んだら寝《ね》ましょう」

「はい……そうします」

そう素直に答えれば、イルヴィスは満足げに頷《うなず》く。そして手に持っていたデザインの紙をテーブルに置き、するりと私の頭を撫《な》でた。髪《かみ》を梳《す》くように撫でられるのは心地《ここち》よく、一度離《はな》れていた睡魔が帰ってくる。

名残惜《なごりお》しいが、今日はもう本当に早めに休んだ方がいいだろう。残ったワインを飲み干し、私も空になったグラスをテーブルに置いた。それに合わせて私の頭を撫でていた手も離れていく。

少し寂《さび》しさを感じながら、私はデザイン案を回収してイルヴィスにお礼を言う。

「一週間も付き合っていただいてありがとうございます。私がなかなか決められなかったせいで、ルイにも何度も悩《なや》ませてしまいましたね」

すると、イルヴィスは目を少し丸くする。そしてふと口元を綻《ほころ》ばせたかと思えば、ぐっと私の体が引き寄せられた。

「わっ」

「何を言っているんですか」

イルヴィスの胸に身を預け、顔を仰《あお》ぎ見る体勢になる。月光に照らされたその神秘的な姿に思わず目を奪《うば》われる。

「他でもない、私とアメリーの結婚指輪です。一緒《いっしょ》に悩むのは、私にとって幸せなことですよ」

「ルイ……」

「それとも、アメリーは違うのですか？」

そう言いながらも、イルヴィスの唇《くちびる》は愉快《ゆかい》そうに弧《こ》を描いていた。

その問いかけこそ、悩むまでもない。私の返事はもちろん――


「……アメリー？」

なかなか返答がないことにわずかな不安を覚えつつ目線を下げれば、会話が途切《とぎ》れたこの数秒間で眠ってしまったようだった。

「嘘《うそ》でしょう……」

なんてタイミングだ。彼女が眠たげにしていたのは分かっていたが、それにしたってピンポイントすぎやしないだろうか。

こうなったら後でしっかりアメリーの気持ちを聞かせてもらわないと。彼女が真っ赤になって困る姿を想像しながら、部屋に運ぶべくアメリーを抱《かか》える。

（そういえば、再会したパーティーの帰りでもこんなふうに突然《とつぜん》眠っていましたね）

あの時も大事な話が終わり、さあアメリーの話を聞こうとしたところで寝ていたのだ。おかげで彼女が私を忘れていたことに翌日まで確信を持つことができなかった。あの衝撃《しょうげき》はしばらく忘れられないだろう。本当に悲しい出来事だった……。

思わず遠い目をしたが、腕《うで》の中で小さく身動《みじろ》ぎしたアメリーに思考が戻《もど》ってくる。無防備に眠るその顔を眺《なが》めていると、たちまちあの寂しさが消えていくのがいっそ面白《おもしろ》かった。

「かわいい……」

自分の中でいろんな感情が溢《あふ》れそうになるのを抑《おさ》えつつ、アメリーを彼女のベッドに横たえる。着替《きが》えは――あとで彼女のメイドに頼《たの》むとして、私はひとまず冷えないようにと彼女の肩《かた》まで布団をかけた。

そのままアメリーを起こさないようにそっとその頬《ほお》にキスをすると、彼女の部屋から出て肺の中の空気を全部出すようなため息をつく。

「……職人を急《せ》かして早く指輪を完成させましょう。できる限り式を早めたいですね」

明日以降のスケジュールを脳内で組み上げながらも、頭の大半はアメリーのことで埋《う》め尽《つ》くされている。

結局、いつもアメリーに翻弄《ほんろう》されてしまうのは自分だ。そして私は恐《おそ》らく一生そうなのだろうと理解しつつも、満更《まんざら》でもないと思う自分がいることに小さく笑ってしまう。

アメリーに婚約《こんやく》者ができたと、塞《ふさ》ぎ込んでいた過去の自分に教えてやりたいくらいだ。あの時は女性にさんざん悩まされていたせいもあり、幸せを期待するのが億劫《おっくう》になっていたけれど。本当に、アメリーのことを諦《あきら》めなくて良かった。

こんな幸せな日が続くのなら、未来に期待するのも悪くないかもしれないな。

あとがき

この度《たび》はデビュー作『妹に婚約者を取られたら見知らぬ公爵様に求婚されました』をお手に取っていただきありがとうございます。お初にお目にかかります、陽炎氷柱《かげろうつづら》と申します。

婚約者《こんやくしゃ》を奪《うば》われた不幸な令嬢《れいじょう》と、初恋《はつこい》を諦《あきら》めようとした不幸だった公爵《こうしゃく》。そんな二人が幸せになる姿をお届けできていたら嬉《うれ》しく思います。……実はネタバレにならないタイトルの塩梅《あんばい》が大変でした。タイトルセンスよ来い。クリスマスプレゼントに『タイトルセンスと語彙力《ごい》』をサンタさんにお願いしたら速達で届けてくださらないでしょうか。

と、夢心地《ゆめごこち》で若干《じゃっかん》ハイになっていた陽炎は本文と向き合っていましたが、気づけばだいぶ加筆修正しました。平常の状態では羞恥心《しゅうちしん》が邪魔《じゃま》をするので、深夜に作業をしていたおかげですね。読み返すたびに陽炎が理性を失うという問題はありましたが、悩《なや》みであった恋愛物《れんあい》のくせに微糖《びとう》という大問題が解決したのでハッピーエンドです。ヨシ！

そんなＷＥＢ版とはまた少し違《ちが》った二人の物語ですが、少しでも楽しんでいただけましたら幸いです。

　では最後になりましたが、本書に携《たずさ》わってくださった方たちには本当に頭が上がりません。まずは大変素敵《すてき》なイラストを描《か》いてくださったNiKrome様、誠《まこと》にありがとうございました。イラストをいただく度に一人でニタニタしながら時間を忘れて眺《なが》めていました。次に華《はな》やかに仕立ててくださったデザイナー様、美しく見やすくデザインしていただきありがとうございます。

　また、ド素人《しろうと》だった私を最後まで導き、本作を完成させてくださった担当のK様。感謝の言葉を思いつく限り並べても足りません。本当にお世話になりました。そして誤字の多い私の文章をチェックしてくださった校正様、本当にありがとうございました。

　最後に本作の出版にご尽力《じんりょく》いただいたすべての方、本作を手に取ってくださった読者の皆様《みなさま》に最大の感謝を。

　改めてここまで目を通していただき、本当にありがとうございました。またどこかでお会いできる日を願っています。

陽炎氷柱

「妹に婚約者を取られたら見知らぬ公爵様に求婚されました」の感想をお寄せください。
おたよりのあて先
〒102-8177　東京都千代田区富士見2-13-3
株式会社KADOKAWA　角川ビーンズ文庫編集部気付
「陽炎氷柱」先生・「NiKrome」先生
また、編集部へのご意見ご希望は、同じ住所で「ビーンズ文庫編集部」
までお寄せください。

妹《いもうと》に婚約者《こんやくしゃ》を取《と》られたら見知《みし》らぬ公爵様《こうしゃくさま》に求婚《きゅうこん》されました

陽炎氷柱《かげろうつづら》

角川ビーンズ文庫　23531

令和5年2月1日　初版発行
令和5年5月25日　3版発行

発行者――山下直久
発　行――株式会社KADOKAWA
〒102-8177　東京都千代田区富士見2-13-3
電話 0570-002-301（ナビダイヤル）
印刷所――株式会社KADOKAWA
製本所――株式会社KADOKAWA
装幀者――micro fish

●お問い合わせ
https://www.kadokawa.co.jp/（「お問い合わせ」へお進みください）
※内容によっては、お答えできない場合があります。
※サポートは日本国内のみとさせていただきます。
※Japanese text only

ISBN978-4-04-113391-0 C0193　定価はカバーに表示してあります。
◆◇◇